後宮の花シリーズⅨ

後宮の花は偽りでつなぐ

天城智尋

双葉文庫

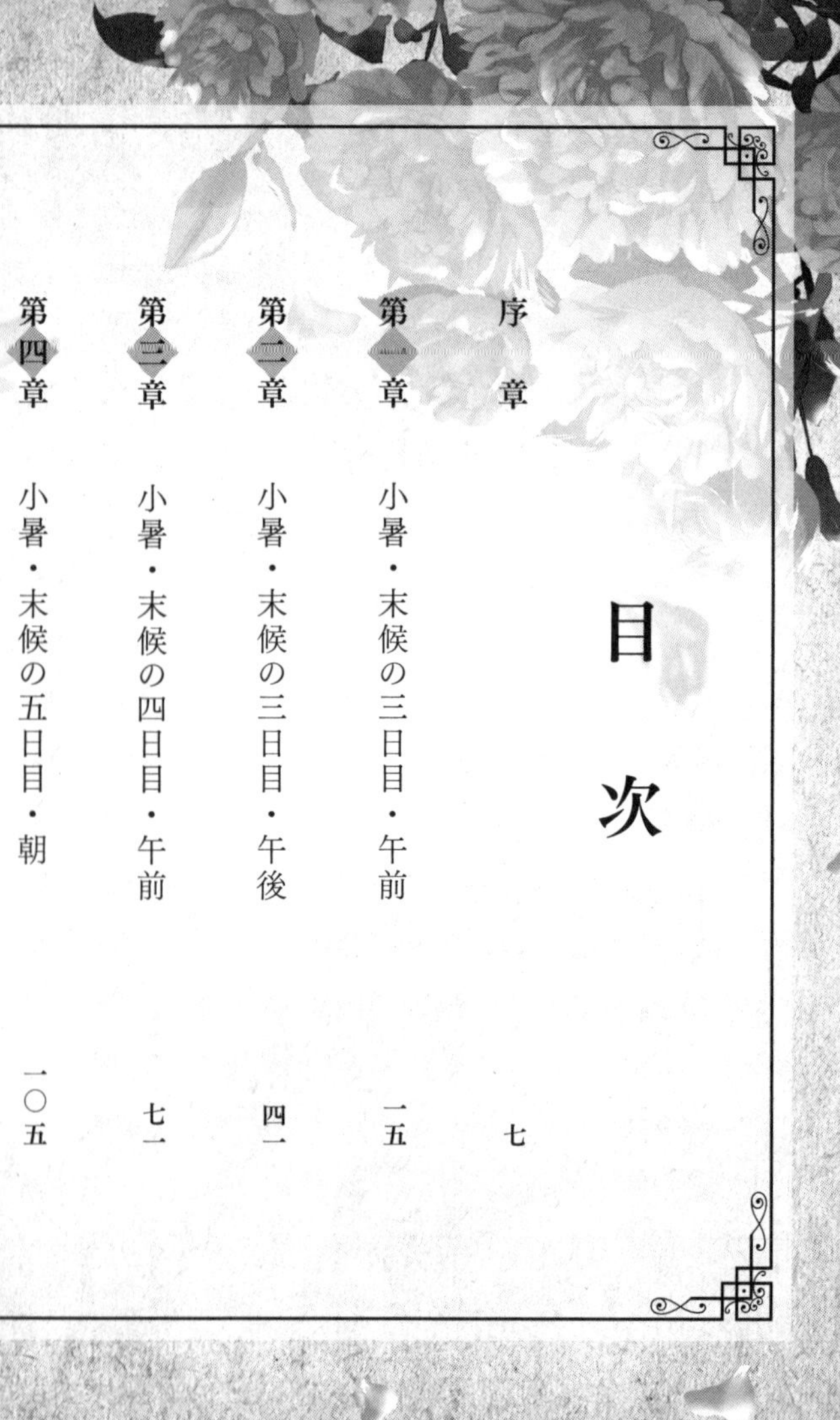

目次

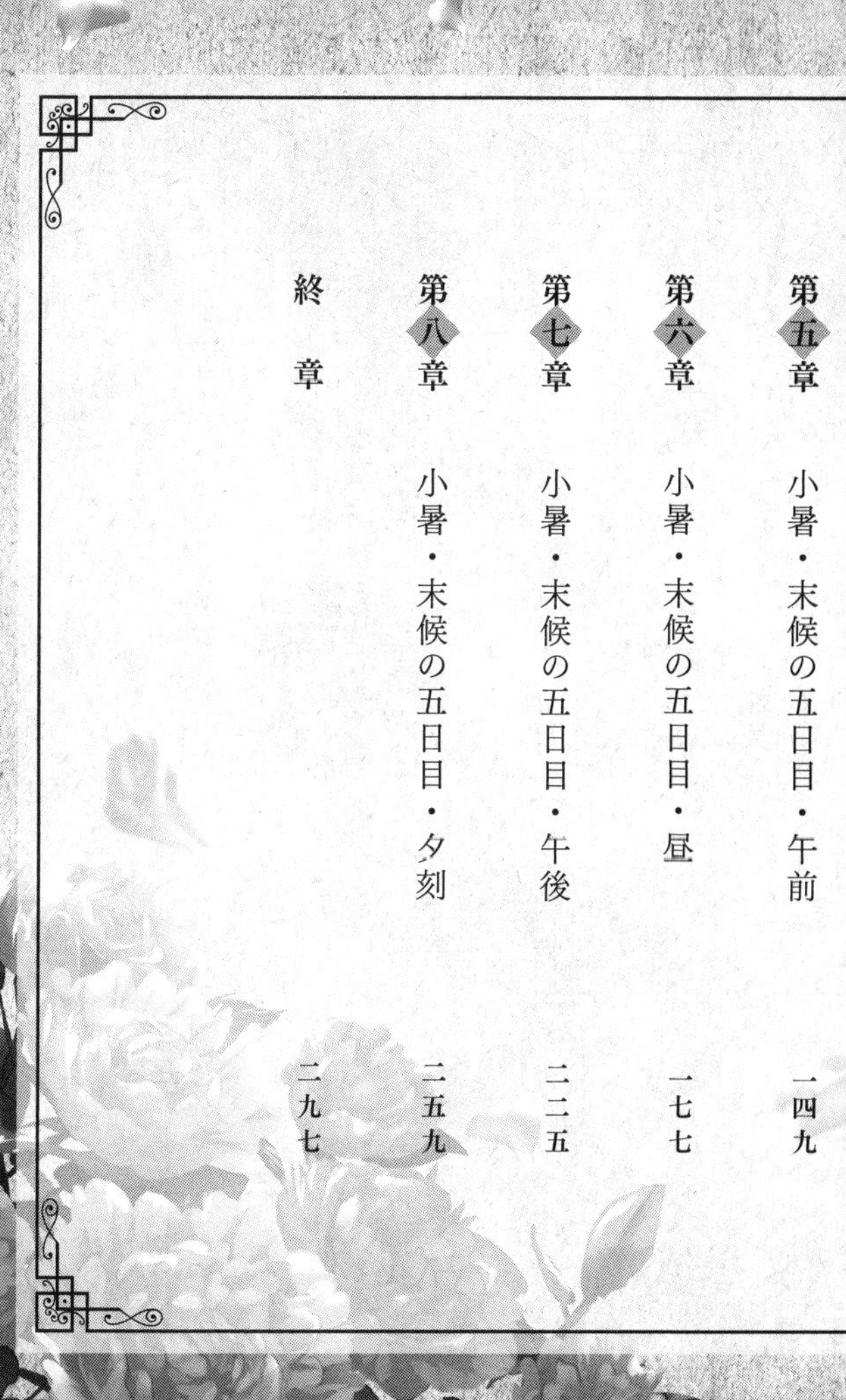

カイ将軍
［かいしょうぐん］
左龍・龍貢の右腕。龍義軍に潜入し、排する機会を伺っていた。
郭叡明
［かくえいめい］
本物の皇帝。左龍の龍貢へ禅譲することが決まっている。
郭翔央
［かくしょうおう］
身代わりの皇帝。本物の皇帝・叡明の双子の弟。
陶蓮珠
［とうれんじゅ］
身代わりの皇后。後宮解体前は玉兎宮の女官をしていた。

人物紹介
冬来［とうらい］
本物の皇后。叡明の警護官。
元後宮警備隊・隊長。
龍義［りゅうぎ］
右龍。相国奪取を企てる張本人。
威皇后に異様な執着をみせている。

その他の登場人物

【張折】……行部長官。蓮珠の元上司。双子の元家庭教師で元軍師でもある。

【春礼将軍】……相国四将軍の一人。張折の友人。翔央の武術の師匠。

【李洸】……相国の丞相。皇帝の側近。政治のスペシャリスト。

【郭明賢】……双子の年の離れた末弟。雲鶴宮。

【秋徳】……皇帝付きの太監。元翔央の部下で、武官だった。

【魏嗣】……皇后付きの太監。蓮珠の補佐役。

【紅玉】……元玉兎宮の女官。蓮珠の補佐役。

【白豹】……相国皇帝に仕える間諜。元陶家の家令。常に姿を隠している。

【高勢】……相国の最高位太監。内宮総監。

【郭至誠】……先帝。双子と明賢の父。

【華王】……華国の王。双子の伯父。至誠と因縁がある。

【龍貢】……左龍。大陸中央の覇権を龍義と争う。相国の禅譲に応じた。

序章

夕暮れの虎児川を荷花灯の小さな灯りが流れていく。荷花灯は、蓮の花の形を模した灯篭で、中元節に河川、湖、海に流す。その役割は、中元節で地府（冥界）の門が開いて、地上に戻ってきた死者が、再び地府へと帰る、その道を照らすためだという。

「ねえ、叡明。これで張秀もちゃんと西王母様の元へ帰れるかな？」

まだ幼い翔央が双子の兄に問いかける横顔に、張折は胸が痛んだ。傍らを見れば、並び立つ春礼は、無言のまま涙を流していた。

当代皇帝の第三・四皇子は双子で、その二人の教育を兄の張秀が担っていた。穏やかな性格で、知識が人一倍あり、物事の見方は公平で、偏りない教えを双子にしていたと聞いている。

その人が亡くなった。死因は、貝にあたったとされている。夏だ。港に近い栄秋であっても、魚介類が傷むことがなくはない。でも、そんなものが皇城の奥、皇子たちの宮に出てくることは稀だ。この相国で最も高貴な人々が住まう場所に、どうして……。

答えは簡単だ。相国でも最高位の学者が第三・四皇子の教育係であることが気に入らなかった人物がいるからだ。兄は、その人物から第二皇子の教育係に『出世』させてやる、と再三言われたが断っていた。張折の目に、あまりにも学者らしい学者として映っていた兄が、どんな好条件を提示されても心が動かなかったのは、世間が裏で噂するような政治的な理由ではない。教え子の才能に惚れこんでいたからだ。自身の思いどおりにならない人間が存在することを許せないある人物は、そんな兄を消した。

傷んだ貝を使ったのは、毒見役もしていた兄だけでなく、双子も消えてしまえばいいと思っていたからかもしれない。

「西王母は慈悲深い。先生のように優秀な方ならば、自ら使いを出して先生をお迎えに来てくださるよ」

そんなことを言いながら、叡明がまだ小さい手に乗せた荷花灯をそっと水に浮かべた。その丁寧さが幼い子どもの心にある傷の深さを物語っていた。双子は兄の死にゆく様子を目の当たりにしたのだ。自らの手で荷花灯を流したいと切望したほどだ、その光景が、心に刻み込まれているのだろう。

「ねえ、翔央。僕が死んだら、こんな風に送ってくれる?」

叡明が流れていく荷花灯を見送りながら、傍らの翔央に尋ねた。

どう答えるのかと、張折が見つめていると、翔央が目にいっぱいの涙を浮かべて『いやだよ』とはっきり否定した。

「叡明が張秀先生みたいにいなくなっちゃうなんていやだよ! 僕らは生まれてから死ぬまで、ずっと一緒にいるんだ。だから、見送りなんてしない」

双子といえども……。そう思うのは、大人になってしまった自分の考えでしかない。張折は翔央の言葉を止めることも否定することもしなかった。

だが、子どもらしくないと評判の叡明は、涙を浮かべる翔央の手を握りしめると、同じ顔の造りをしているのに、相反する表情を浮かべた。

「ありがとう、翔央。僕も君が居なくなってしまうのは嫌だよ。……そうだね、僕は生きている。生きている側なんだから、生き続けるために、考える限り最善の手を尽くすよ。だから、うまくいったらちゃんと褒めてね」

子どもの泣き顔をした翔央に対して、微笑む叡明は『何かを決めてしまった』大人の顔をしていた。その笑みに、張折は、彼が兄の死の本当の理由に気づいているのだとわかった。その気づきがどんな方向に進むのだろうと考えて、張折もまた『決めた』。

「そうだよな、俺も生きている側なんだ。……よし。春礼殿、あの二人の教育係は、俺が兄上から引き継ぐ」

「しかし、それでは、張折殿まで危ない目に……」

「危ないと思う。でも、決めたんだ。俺に考えられる限りを尽くして、あの二人を見守るんだ。……優秀な兄と同じようにはいかないだろうけど」

長く続く官戸の家に生まれ育ち、幼い頃から変わり者と言われる自分にどれほどのことができるかわからないが、それでもいい。道を決めたのだから、あとは進むだけだ。

「そうか。……ならば、いまこの時より、我が友、張秀に捧げた誓いも引き継いでもらおうか。この春礼、お二人を見守る我が友、張折の覚悟を生涯支えると誓おう」

尊敬する兄の親友と目が合った。双子のお守り役で武術面での教師でもある春礼。彼が兄と協力して、二人で双子の両翼を担う姿を、ずっと羨ましい関係だと思ってきた。

その位置に自分が……。張折の胸の内を、嬉しいような恥ずかしいような想いと一緒に、ひどく冷たいものが湧き上がってくる。

足りてない自分が、兄と同じように春礼の横に立っていいのだろうか。国内最高位の学者と呼ばれた兄に比べ、自分は、逃げ回ることしかできない軍師だ。

「俺の覚悟か……」

覚悟すれば進むだけだと思っていたのに、川岸に歩み寄る足は震えている。自分の覚悟は、尊敬する人が生涯支えるに値するものなのだろうか。

「張折も、お見送りするの……?」

川岸に立った張折を、双子が見上げてくる。双子の視線に促されて、張折は、無言のまま、手にしていた荷花灯を水に浮かべた。河口に近いこのあたりの虎児川の流れは、とてもゆるやかで、浮かべた荷花灯は、ゆっくりとぎこちない動きで張折の手を離れていった。

少しずつ遠くなる荷花灯を見送るため川岸に立ったその時、急に兄の気配が遠くなっていくのを感じた。川を行く多くの荷花灯と一緒に、兄が遠くなっていく。

どれほどの苦境に置かれても、学ぶことを尊び、教えることを楽しんだ人だった。

兄と最後に話した時、ほろ酔いの笑みを浮かべ、双子の成長を語り、『いつか、お二人とは、師弟でなく、主従となる日が来る。その日が待ち遠しい』と言っていた。だが、兄がその願いを叶えることは、もうできない。あんなにも楽しみにしていたのに。

視界が涙に歪（ゆが）み、自分の手を離れた荷花灯の灯りが、どれなのかもわからなくなってようやく、張折は、兄の存在が永遠に失われたことを実感した。

兄は永遠に失われた。でも、その願いを引き継ぐことは、自分にもできる。

兄に代わって、双子の師となろう。やがては、双子の臣下に。その日のために、あらゆる知恵を絞って、双子とともに生き抜くのだ。二人を抱えて、どこまでだって逃げ回ってみせる。それは、自分の得意とするところなのだから。

「兄上との誓い、たしかにこの張折が受け継いだ。……よろしく頼むな、春礼」

勢いよく振り返って、ようやく春礼に言葉を返せば、彼は涙を流したまま、笑みを返してくれた。きっと、自分も同じ顔をしている。そう思うとますます笑えてきて、同時に涙があふれてきた。

笑いながら泣く張折と春礼を、双子が不思議そうに見上げていた。
この日、川を流れていく荷花灯を見つめ、張折は己の人生を決めた。
きっと、それは叡明も同じだったのではないかと、張折は思っている。

第一章

小暑・末候の三日目・午前

大陸西側の大国、相。その都である栄秋の北に、都城の白奉城がある。北側三分の一を占める皇族とそれに連なる者たちが住む皇城と、官吏たちの領分である宮城の境目で、忙しく人々が動いていた。

この日は、先ごろまで都城の外で育てられていた先帝の第二公主である白瑶長公主が、凌国に嫁ぐための出立式だった。皇家である郭家の方々も、婚儀祝宴の参列とともに凌国へ旅立つことになっている。だが、人々の動きや表情は慶事とは思えぬ緊迫感に満ちていた。

出立の直前、大陸中央を二分する勢力の一方、龍義が栄秋に向けて兵を出したとの知らせを受けたためだった。

「李洸、順を追って話を聞かせろ。……許将軍、すまないが同行しながら状況を把握してくれ。おそらく栄秋防衛に許家の力を借りることになる。説明の二度手間に費やす時間はないだろうから」

馬車を降りた翔央は、馬車の護衛につくはずだった許将軍に声をかけると、すぐに皇帝執務室に向かい歩きはじめる。見送りに来ていた張折も、李洸の言葉に反応して姪とその元皇妃仲間を家の者に任せて、こちらに駆け寄ってくる。

「龍貢軍の話では、龍義軍の残党が想定よりも少ないことを疑問に思い、捕虜に龍義の居場所を確認したそうです。複数の者から龍義率いる一隊は、船で栄秋を目指すことになっているとの証言を得た、と」

　李洸は同行する者たちにも聞こえるように、いつもより大きな声で話す。

「そうか。龍義軍は軍船で栄秋を目指しているのか」

　呟く翔央の横顔は、前を見据えていながら、どこか遠い一点を睨んでいるようでもあった。蓮珠は長身の翔央との歩幅の差を埋めるために裙の裾を少し持ち上げて小走りをしていた。

「軍船？　つまり、華国の後ろ盾があるということでしょうか？」

　大陸中央を本拠とする龍義軍に軍船はない。海はもちろん、大きな河川もないからだ。船を出すとしたら、それは同盟関係にあるらしい華国の協力なしには実現できない。

「そういうことになるな。華国水軍は南海の海賊対策に鍛え上げられた精鋭ぞろいだ。船同士で正面からやり合うわけにはいかない。……まったく。伯父上は、いったいなにを考えている？」

　翔央が呆れた声で蓮珠の言葉を拾ってから、そのまま合流した叡明に問いかけた。

「そんなものは解らないし、解りたくもない」

　叡明は、声だけでなく表情にも呆れを込めていた。だが、大きなため息ひとつで表情を一変させる。

「……やるべきは、どう対応するか考えることだけだよ。あと、できる限りの情報を集めるんだ。考えるための材料は多いほうがいい。ただし、幅広く、偏りなく集めて。正しい判断は、多くの選択肢が見えてこそ可能になる。選択肢がないと思い込まないこと。そう思ったのなら、敵方に思い込まされているだけだと思って」

李洸の部下たちに情報収集を指示すると、叡明は許将軍のほうを向く。

「行って戻って……を考えると、斥候は西堺が限界でしょう。数名出して、順次情報を栄秋に持ち帰らせるように手配を、お願いできますか」

斥候は武門の領域だ。叡明は、誰を行かせるかは、許将軍に任せるべきと判断したようだ。許将軍は、後ろを来る麾下の者たちを一喝した。

「いいか、おまえら。目の前に並ぶ情報が偏りはじめたら、一旦下がれ。他者の与える正しさに毒されて、思考が麻痺してきている可能性が高い。情報に悩まされることを恐れるな。沸き上がる違和感を無視するな。それらを感じなくなることのほうが、はるかに危険なことなのだからな！」

許将軍が、張折に視線をやる。元軍師にも送り出しの言葉を掛けるよう促す。

「情報には、そもそも透明性も公平性もない。事実も真実も、常に発信者の観点で語られるものである以上、どうやったって偏る。忘れるなよ、道を選ばされるな。いつだって、選ぶ側に立つんだ。そのために、白鷺宮様のおっしゃったように『できる限りの情報』を集めてきてくれ。頼むぞ」

張折を引き継いで、翔央が相国皇帝として言葉を掛ける。

「時間がない。だからこそ、言う。正しさを見極めるための時間は惜しむな」

その場に跪礼した者たちが、それぞれに走っていく。

翔央は、それを見送ってから再び皇帝執務室のある璧華殿へ歩き出す。皇帝の横に並んで歩けるのは、負傷した右目に眼帯をした白鷺宮だけだった。だから、二人の後ろを行く蓮珠たちには、双子のどちらがどちらに問いかけているのかわからない状態だ。

「華国が軍船を出したとして、どの程度の規模の船団になる？」

ごく普通に考えれば、歴史学者の肩書を持つ元引きこもり皇帝が疑問を口にし、元武官の弟が答えているはずであり、実際そうなのだが、中身と外見が逆転しているので、少々ややこしいことになっている。

「華国が本格的な海戦をする必要がなくなってから五十年以上になる。だから、この五十年、華国水軍の主たる任務は、海賊の取り締まりだった。水軍の練度は高いが、軍船の保有数自体はそこまで多くはない。今回、もし『船団』を組んできたとしても商用輸送船を徴用したものが主体なんじゃないか」

華国の王都である永夏(えいか)の港は、栄秋港よりも昔から大陸でその名を知られる貿易港だ。東を凌国、西を相国と四方大国の二国に挟まれた華国は、この大陸で最も経済的に豊かな国と言われている。徴用した商用輸送船も大きく、人も馬もかなりの数を一度に運べるだろう。

「ならば、攻略は簡単だ。騎兵を陸(おか)に上がらせない。船上の騎馬隊なんて、ただの役立たずだ」

璧華殿の皇帝執務室に入ると、白鷺宮姿の叡明がそう断じた。

「簡単に言うな。どうやって上陸を阻止する？」

翔央が皇帝の執務机のほうへ歩み掛けて足を止めると、叡明を振り返る。

「栄秋に入る口実をなくすのが、一番早いかな」

一番早いという言い方は、すでにいくつかの上陸阻止案を思いついているということだろうか。相変わらずの叡明の頭の回転に、蓮珠は、感心を通り越して怖くなる。

「あちら側の栄秋訪問の目的は、僕らを龍貢側から奪い取って、『自分たちが禅譲(ぜんじょう)されたことにする』にあるわけだ。……ならば、僕らがすでに栄秋にいない状況を作ってしまえばいい。僕らのいない栄秋に入ることは、理屈が通らないからね」

たしかに。龍義の言い分は、旧帝国領土を郭家が奪って相国を建てたのだから、速やかに返還しろというものだ。郭家を栄秋から追い出したい龍義にとって、郭家がすでに栄秋からいなくなっている状況で栄秋に、さらには白奉城に乗り込んでしまうと、自分たちもまた正当な手続きを踏まずにこの土地を支配しようとする者になってしまうのだ。

「その理屈ために、どんな脅しをかけてでも『郭家から相国領土を返還させる』を貫こうとしているんだ。そこを曲げると、凌国、威国に龍義軍に対する『正すため』の戦いを仕掛ける理由を与えることになる。さすがに、この二大国と真正面から戦うのは、華国が許さないだろうから、素直にこちらを追っかけてきてくれるんじゃないかな」

方針は決まったようだ。室内の視線が、本来の相国皇帝である叡明に集まった。

「あちらが栄秋に到着する前に出立する。その方向で再調整を」

叡明らしいぼそぼそとした口調で短く命ずると、この場を終わらせた。

下の者たちが動き出す中、翔央、叡明、張折に李洸といった上の者たちは再びひとつの机を囲んでさらなる話し合いをはじめた。

「問題は、僕らがどの経路で当初の目的通りに凌国までたどり着くか、だね」

叡明が机の上に広げた地図を見下ろす。

「ああ。凌国に向かって栄秋を出たはいいが、相手側に捕まってしまえば、それまでだ。奪還のために龍貢殿が兵を出せば、結局栄秋を戦場にすることになる」

同意した翔央が地図を指先でなぞる。本来は、白龍河(はくりゅうが)を下り、南海へ出て、華国の下方を通り過ぎて、大陸東にある凌国へ向かうことになっていた。

だが、龍義が華国の軍船で来る以上、白龍河を上ってくることになる。出立を強行しても正面から船団同士がぶつかっては、穏便に終わらない事態になる。

「僕らが龍貢殿への禅譲を決めたのは、彼の目的が大陸中央の平定と周辺地域との関係修繕にあるからだ。彼にとって栄秋は、利益を生む港としてそのままであってほしい場所だが、龍義の目的は大陸全体の平定にあって、栄秋を本拠にするつもりでいる。これは、栄秋を支配下に置くという宣言で、栄秋をそのままにしておく気はない。そんな考えを持つ者に栄秋を譲ることはできない」

叡明は、改めて龍義に禅譲する考えはないことを翔央に告げる。

「もちろん、理解している。以前、張折先生がおっしゃった事態にならないためにも、龍義に相国を委ねるわけにはいかないし、足を踏み入れることも許してはならない。栄秋を護ることは、この国全体を護ることだ。それは、俺自身の願いでもある。違(たが)えたりしないから大丈夫だ」

身代わり皇帝として、本来の皇帝の意を違えていないかを確認することは重要だった。翔央と叡明が常に同じ場に居られるわけではない。相国の場合、身代わりを立てた最初の理由が、本人たちの所在不明にあったので、影の者としての役割は薄い。それでも、基本的に貴人の身代わりが、本人と同じ場に居るのは、あまりいい戦略ではない。一網打尽(いちもうだじん)にされては、身代わりがいる意味がないからだ。

だが、地図上で検討されている経路を黙って見ていた蓮珠は、別行動うんぬんより不安なことが出てきた。

「あの……見つからないような経路で凌国へ向かうと、栄秋まるごと人質に取られたあげく、隠れてないで出てこいとか言われたりしませんか？」

李洸が皇帝執務室の天井を仰いだ。

「…………なくは、ないですね。どうも短絡的な思考の持ち主のようですし」

その場の誰も李洸の言を否定しない。この場のほぼ全員、龍義に直接会ったことがないのだが、その人物像は、だいたい皆一致しているようだ。

「けどなぁ、陶蓮。そうは言っても『鬼さん、こちら』で逃げ切れるものじゃないぜ」

張折が地図を睨みながら、唸(うな)る。

「……軍船はそれなりに大きいので、船と船の間を小舟で抜けきって、そこで大型船に乗り換えて、逃げ切るというのは？」

一応、思い付きを提案してみるが、元上司に軽く一蹴されてしまう。

「却下だ。小舟は小回りが利くが、船体が小さい分だけ進む距離が稼げない。逃げ切る前に追いつかれる」

白龍河は対岸が霞んで見えるほどの川幅がある。軍船の旋回も難しくないとなれば、やはり追いつかれてしまう。あるいは、追いかけてくる船と栄秋に向かい民を人質に取る船とに分かれて行動されでもしたら、もっと危険度が増す。

蓮珠は威皇后の身代わりだ。威皇后として北へ向かわねばならない。郭家を追う龍義軍と華国軍からは、放置される可能性が高い。

相国を戦争のない国にすることが蓮珠の願いだ。だが、現実に、戦禍が栄秋に迫りつつある。故郷の白渓の邑を失って、十数年。逃げ延びた栄秋は、第二の故郷になった。福田院（養護院）のあった下町には知人がたくさんいるし、官吏になって十年以上を過ごした官吏居住区ではそれなりに近所づきあいだってあったのだ。

自分だけが安全に栄秋を去って行くことは、できない。

龍貢への禅譲には、栄秋を基本的に変えないという約束がある。その約束が確実に履行されるために、第三国である凌国の王の前で禅譲の儀式をすることになっていた。二国間の閉じた空間での国の支配権を巡る約束は、守られる保証が低くなりがちだからだ。

「では……栄秋の民も逃がすというわけにはいかないのでしょうか？」

それは、すでに提案というより懇願だった。声音でそれが伝わったのだろう、一人を除いて皆が押し黙る。こういう時に、言いにくいことでも、すぐに回答するのは、叡明ぐらいだ。

「難しいね。栄秋が空だとバレれば、逃げていく民が追撃されかねない。しかも、それは相国内の至るところに兵を向かわせる理由を、相手に与えるようなものだ」

無理を言っている自覚はある。約五百万人いる相国民の十分の一が、この栄秋に住んでいるのだ。逃がすにしても容易ではない。先日の後宮を空にしたのとは、人数も規模も桁違いすぎるのだから。

「……もちろん、陶蓮の懸念も理解しているよ。僕らが凌国へ向かうのを引き留めたい龍義からしたら、栄秋の民を人質にするのが一番早いからね。それをやられると、こちらとしても身動きが取れなくなる」

一刀両断で終わりかと思えば、独り言のように言葉は続き、叡明の視線と指先は地図上を動き回っていた。

「……叡明？　なにか、考えがあるのか？」

翔央が片割れの思考を追うように、指先の動きに視線を走らせる。

「あちらの狙いは、郭家だ。……郭家と栄秋の民が違う方向に向かえば、追うべきは郭家になる。それを利用できるんじゃないかと思ってね」

応じた叡明がそれまで浮かせていた指先を栄秋港の名が書かれたあたりに下ろす。

「よし、これでいこう。経路が決まった。僕らの出立は、どうやっても翠玉の見送りと切り離せない。だから、白龍河側……相国東側を使うことになる。そうなると、栄秋の民は逆側を使って逃がすことになるから、相国西側を行ってもらおう」

地図上に置かれた叡明の人差し指と中指が二方向に分かれる。

「具体的には虎児川を上って、関秋を経由し、虎峯山脈を越えて西河側に入る経路だな。西河であれば、相国西側の南北どの街に向かうことも可能になる」

虎児川は栄秋のすぐ北を流れていて、白龍河に注ぐ河川だ。国を東西に分ける虎峯山脈に水源があり、山脈を越えた向こう側を流れる西河とも繋がっている。関秋は、大陸有数の鉱山の街で、国の直轄領となっており、ここで産出された鉱物を国の隅々に運ぶために東西の繋がりはもちろん、南北にも水運が整備されており、中型の輸送船が絶えず栄秋と関秋とを行き来しているのだ。人を運ぶ隠れ蓑として、十分に機能するだろう。

これで、みんな助かる。緊張していた頬のこわばりが緩むのを感じた。それをすかさず叡明に指摘される。

「まだ『検討に値する』って段階の話だよ、陶蓮。では、詳細を詰めようか？」

広く意見を集めるため、叡明が皇帝執務室内の全員を、地図を置いた机の周りに集めた。


まず手を上げたのは、元軍師だった。

「どの街に栄秋の民を預けるかが問題だ。栄秋には我が国のすべての民の十分の一にあたる五十万人が暮らしている。言い方が悪いが『兵站が厳しい』ぞ」

たしかに『兵站』という表現はどうかと思うが、わかりやすくはある。ただ人を移動させればそれでいいわけではない。移動先での生活がある。西金占領事件で、西金の避難民を都で受け入れた時も問題になったが、避難民の食糧や衣服、住居の確保は、とても大きな問題である。

「なにも五十万人全員を一か所に預ける必要はないのでは？　栄秋の民の多くは地方出身者だ。一時的に地元に戻ってもらうというのはどうだろうか？」

翔央が提案するも、張折が眉を寄せる。

「それでも栄秋出身、地方に本拠なしは、それなりにいるぞ。……いや、もっと大きな問題がある。国の官吏は、まとまっていないと国が動かなくなる。この禅譲は、国政を放棄するわけじゃない。玉座に座る者が変わっても、国そのものは、これまでどおり動いていなければ意味がない。あと……行部が死ぬ……」

部署間調整を行なう行部の長らしい意見だった。元行部の官吏だった蓮珠としても全面的に同意だ。部署の職掌は細かく分かれており、一つの行事でも、いくつもの部署が関わっているため、重複する予算請求が発生しないように調整し、それぞれの部署に決裁を回す行部は常に多忙なのだ。それが、国内の離れた場所に点在されては、たまらない。

相国は大陸史上稀に見る官僚主体の国であり、良くも悪くも、万事が万事、官僚が動くことで進んでいくようにできている。

貿易都市栄秋では商人の力が強い。だが、その栄秋でさえ、店を持つには地方機関としての栄秋府に土地使用許可の申請が必要だし、商売を行なうには宮城の然るべき部署にその旨の申請を出して、受理されなければならない。

栄秋の民が避難するなら、その避難先での生活に支障がないような環境を整えるのも官吏の仕事なのだ。地方機関の場合は州の下に県があるが、中央のお役所は一か所に集まっていないとまともに機能しない。

「国政をこれまでどおり……か」

叡明が呟き、そのすぐ隣にいた翔央が反応する。

「なにか思いついたのか？」

「うん。……楚秋府を使おう」

楚秋府は、栄秋府と同じく『府』の権限を持つ地方機関である。相国北西部の印西路にある大きな街と、その周辺地域の平野部も含めて楚秋府と呼ばれている。

「北西部の主要な街は、冬来と見てきている。多少の準備は必要だけど、できなくはないはずだ」

それが『あとは任せた』の書き置きひとつで、栄秋を不在にしていたどの時の話かは、今は問うまい。なんとなく目が合った翔央と小さく頷き合って、蓮珠は黙っておく。

「ここに楚秋府に行ったことがある者はいないのか？」

問われた皇帝執務室の面々が、それぞれに顔を見合わせる中、蓮珠はまっすぐに手を上げた。

「あります。それも、幼い頃でなく仕事で。ですから、わりと最近のことです」

「さすが色んな部署を渡り歩いてきただけのことはあるな。栄秋から離れることが多かった元軍師の俺でも、北西部は戦地ではないから行ったことないぞ」

張折が呆れ半ばに笑う。李洸が記憶をたどるように首を傾ける。

「張折殿のおっしゃるとおりです。北西部でも楚秋府は政治的に安定しているので、私が視察に行ったこともなければ、部下を派遣したこともありませんね。見に行かねばならない場所が国内にたくさんありますから」

皇城に出入りできる上級官吏の中には、中央での官位を上げるために地方機関の重職に就いて、栄秋に戻ることもある。ただし、それらは派閥の勢力争い絡みのことで、勢力争いに勤（いそ）しむ派閥に属していない親皇帝派である皇帝執務室の面々や中下級官吏には、あまり縁のない話だったりする。

本来であれば、中央の官吏が地方に視察に行くことさえ、ほぼない。該当する地域の地方官吏があげてくる報告書を信じて、決定を下すことがほとんどだ。元軍師の張折や三丞相（じょうしょう）の筆頭である李洸だから、多少栄秋の外も知っているだけで、栄秋出身で国の官吏になると、栄秋以外の街をほぼ知らないままで退官の日を迎えることもある。

だから、蓮珠の経験は、とても珍しい部類に入る。

「楚秋府に、なにか問題があったから行ったわけではないんです。むしろ、学ぶべき好例であるからこそ行かされまして。工部（こうぶ）の水害対策の担当だった頃のことです。楚秋平野の啓帝（けいてい）運河は国内最大の運河ですから、水害対策をどのような考えに基づき、どのように運営しているか、自分の目で見てこいと……当時の上司に……言われましたので」

蓮珠は、華国に通じた罪で死を賜ったかつての上司の燕烈（えんれつ）の名を出さずに、それを説明した。こと水害対策に関しては、真摯に向き合った人だった。

なにせ、楚秋府は、高地・山岳地帯が国土の多くを占める相国で唯一の広い平野部だ。そこに目をつけた第三代皇帝の啓帝が、国主導で大規模農業用運河を通したことで、楚秋は、国内最大の穀物生産地にまで成長した。完成から約百年経った今もほぼ当時のままで使われている計画水路のお手本のような場所なのだ。燕烈にとって、楚秋府は理想の完成形だった。

「仕事で行ったなら、楚秋の街だけでなく庁舎も見ているな？」

かつての上司については、さらりと流し、叡明は蓮珠に楚秋府そのものについて尋ねてきた。

「はい。しばらく滞在しましたので。楚秋府は運河建設の陣頭指揮を執る皇帝の長期滞在のために、いくつかの殿舎と庁舎が作られ、それらは今も大切に管理していると府官に説明を受けました。運河の街だから『水の都』という通称で呼ばれるが、楚秋は栄秋と同じ『府』であり、自分たちは、相国のもう一つの都の官吏であると自負している。そんな風にもおっしゃっていましたね」

蓮珠は、李洸から大きめの紙と細筆を借りると、覚えている限りで楚秋府の建物配置図を描いた。横から見ていた李洸が感嘆の声を上げる。

「手慣れていますね。例の後宮の建物配置図を描いただけのことはある」

やや照れるも、そこまですごいことじゃないと自分でわかっている。役所の造りは、どこでも基本的に同じだから、長く官吏をやってきた蓮珠にとって、難しいことではない。たしかに、楚秋府は、啓帝のための殿舎を建て増ししたことで、少々変則的な造りになっているが、そこはそこで、後宮で身代わり生活をしていた蓮珠にとって、貴人の住まう建物配置図を描くのも、さほど難しいことではないのだ。

「僕の記憶にあるものとも合致している。冬来も確認を」

軽く一瞥(いちべつ)した叡明が、皇帝執務室の出入り口で周辺警備をしていた冬来を呼び寄せる。

「非常用の門の位置も合っています。細かいところまでよく覚えていらっしゃる。さすがです。それにお話を伺い、ようやく納得しました。貴人滞在を前提にしていたから、地方都市には珍しく脱出路の確保が、これだけきっちりとできていたのですね」

「ありがとうございます。お役に立てそうで何よりです」

それを確認できる冬来もすごい。叡明と冬来は、蓮珠とは異なりお忍びで楚秋府に行ったはずだから、運河を中心にした街づくりを隅から隅まで覚えてこいと燕烈から厳命されていた蓮珠と異なり、そこまで細かく記憶していなくても問題はない気がするのだが。

冬来の太鼓判をいただいたことで、皇帝執務室内の誰もが蓮珠の描いた楚秋府の建物配置図を正しいものとして、考えを巡らせはじめる。

「皇后様、建物の大きさの基準になる庁舎はありませんか？」

李洸に、そう問いかけられて、姿勢を正す。冬来は皇帝執務室の出入り口を離れている。誰かが皇城内の慌ただしさに乗じて、皇帝執務室に近づいている可能性がなくはない。蓮珠は、威皇后として出立するための馬車から降りてそのままこの場にいる。思えば、冬来を呼び寄せた叡明も、配置図の感想を述べた冬来も、蓮珠の名を出していない。

蓮珠は姿勢だけでなく蓋頭（がいとう）の下の表情も引き締めた。ほんの少し深めの呼吸をして、穏やかな笑みを作る。表からでは見えないこうした違いが、声にも出るものだと身代わり生活で学んだ。こうして威皇后として整えてから、蓮珠は李洸の質問に応じた。

「それでしたら、……この皇帝執務室と同じくらいの広さを持つ、こちらの建物を基準にされるのがよろしいかと存じます」

多少の緊張感も含ませた口調に、李洸が軽く頷く。それを確認した張折が、蓮珠の手から細筆を奪うと、早速別の紙に計算を始める。

「う〜ん、これならおそらくいけるかな。よし、楚秋府の一角を間借りしましょう！」

元軍師の算段がついたことで、翔央がこの場の皇帝として、最終決定を告げる。

「順序立てて我々のやるべきことを確認しよう。まず、郭家から龍貢殿への禅譲が公式に成立するまでは、郭家が相国皇帝の座に居なければならない」

この話が実のところ、とても重い。非公式の禅譲は、すでに執り行なわれている。だが、龍義側がその禅譲を覆せないように、四方大国の一つにして、旧高大帝国の太祖を出した凌国の王に禅譲の証人になっていただき、禅譲したことを大陸中に公表する必要があるのだ。また、公表する場を設ける以上は、玉座を譲る側の叡明と譲られる側の龍貢が、凌国にそろわなければならない。だから、凌王の前で禅譲成立するまでは、『郭家が相国皇帝の座に居なければならない』のだ。

「次に、龍義が栄秋に入る口実をなくすために、我々が栄秋を離れる必要がある」

翔央がその指先を地図上の栄秋から楚秋へと動かす。

「楚秋府は相国でも北西部に位置し、南東部から入ってくる龍義からすれば、最も遠くにある街だ。華国の船では虎児川を上れない、楚秋を目指すにしても白龍河を下り、南海を経由して大陸西岸に出るという大回りをしなければならなくなる。おまけに、楚秋にたどり着いても、複雑に入り組んだ運河を進まねば、栄秋府の官舎にはたどり着けないのだ。簡単に軍勢を進めて占拠することは出来まい」

西王母の加護を受ける相国皇帝が、五百万の民のため、ひとつの道を示した。

「よって、国政機能を楚秋府に移動する。つまり、遷都だ」

郭朝の終わりを目の前に、この国にとってとても大きな決断がなされた瞬間だった。

朝堂に集められた上級官吏たちは、誰もが緊張していた。自ら『最後の朝議』だと言って、自分たちに国の後を任せ、凌国に向けて出立するはずの人物が、出立当日に急遽（きゅうきょ）出立を中止し、一刻（二時間）後には臨時朝議を招集したからだ。これには、なにごとも情報を先に掴（つか）んで超然と最前列に並ぶ各派閥の長たちも、多少焦っていた。彼らをもってしても最新情報がわからない状態にあった。

「あれで最後と言いながら、この場に皆を呼び出したことを申し訳なく思っている。それでも、この国のために現状と方針を話さねばならない。どうか、最後まで聞いて、協力してもらいたい」

玉座の人の声音は落ち着いている。国内最高の頭脳を持つと言われる人が焦ってはいないことに、朝堂内の緊迫した空気がやや緩和される。

「まずは、状況について説明をしよう。凌国出立の直前に、龍貢軍から報せが届いた。龍義を含む龍義軍の本隊が、華国の後ろ盾を得て、軍船で栄秋に向かってきている。さらに、先行して龍義軍から郭家捕縛（ほばく）のための一隊が栄秋に向けて放たれたというものだ」

朝堂がざわつくも、玉座からはざわめきを押しのけて言葉が続く。

「栄秋に郭家がいれば、街門を越えて乗り込んでくる可能性がある。我々は、栄秋を戦場にする気はさらさらない。したがって、栄秋進軍の口実を失わせるために早急に栄秋を出立するつもりでいる」

朝堂内のざわめきは続く。状況から言って、郭家が栄秋を出れば、それで万事解決するとは、この場の誰も思っていないからだ。

「皆の懸念は理解している。我らが栄秋を出たとしても、栄秋がまるごと人質に取られるかもしれない。栄秋侵入を回避したくば、自ら首を差し出せ……と、脅してくるかもしれない。それでは、栄秋を戦場にすることと大差がない。栄秋はこの国の要だ。栄秋の機能は滞ることなく動かねば、国としても動かなくなる。そこで、国として変わらず動くために、中央の官吏と栄秋の民を龍義軍の手が届かない場所に移動させる」

先ほどまで見送る側でしかなかった官吏たちは、自らも栄秋を離れる側になるという話に激しく動揺した。

「お待ちください。具体的な移動先に、どこをお考えなのでしょうか？」

最前列から玉座に上がった声で、朝堂は急に静まり返る。

「……楚秋だ。国政の拠点を楚秋府へ移す」

これに、朝堂が再びざわめきだす。

「農神とも呼ばれる啓帝によって約百年前に整えられた地だ。都である栄秋と同等の府の権限を持ち、国政機関を受け入れる殿舎もある」

　上級官吏の中にも、わずかながら北西部出身者がいて、彼らは楚秋府を知っている。周囲に対して、遷都に耐えうる地であることを訴えかけているのが見える。もう一押し二押しというところだろうか。翔央は、言葉を重ねて、遷都への同意を求めた。

「楚秋府は相国でも北西部、海に面している平野だ。いまさら言うまでもなく国内最大の穀倉地帯であり、大量の穀物を国の隅々まで輸送するための港も船もある。栄秋の大商人の中には、楚秋にも店を構えている者が多いと聞いている。貿易の不利は少なくないが、極端に大きいわけではない。一方で、南東部から相国に入ってこようとしている龍義からすれば、楚秋は最も遠くにある街だ。華国から借り受けた船では虎児川を上れない。楚秋を目指すにしても白龍河を下り、南海を経由して大陸西岸に出るという大回りをしなければならなくなる。楚秋の港は海賊対策のため、相国水軍が本拠を置いているから、やすやすと港にだって近づかせないだろう。おまけに、楚秋にたどり着いても、複雑に入り組んだ運河を進まねば、栄秋府の官舎にはたどり着けない。龍義軍の船と騎馬では攻め込みにくい土地だ。相国の宝である官吏たちと民を護る天然の砦（とりで）となってくれると確信している」

すでに禅譲が確定している皇帝だ。玉座の前の官吏たちに対して、絶対的な命令権はなく、命令に従ったところで将来的な得もない。郭家は、官吏たちに対して、遷都の協力をお願いする側である。翔央は、そのことを意識しながら語り掛けていた。

だが、いついかなる時も、こちらの都合も空気感もおかまいなしに連絡を入れてくる者がいる。

「主上、上皇宮より急ぎの使者です」

部下からの耳打ちの報告を、李洸が翔央に小声で報告する。

「……上皇宮から？　再出立の確認なら少し待っていてもらえるように」

「いえ、それが……上皇宮におられる白瑶長公主様宛に、華王陛下より書状が届けられたそうです」

李洸がそっと開封済みの封書を差し出す。

「そのまま持たせるほどの内容か。……いい予感はしないな。李洸、読んでくれ」

どちらかというと、嫌な予感しかない。すぐにでも皆で共有しておかなければならないようだからこそ、翠玉は急ぎの使者を送ってきたのだろう。

「それでは。……例によって前置きが長いので、本題だけでよろしいでしょうか？」

取り出した手紙の冒頭を目にした李洸が眉を寄せた。

「……あれだけ色々やらかして、よくいつも通りの前置きを書いて寄越せるものだな、あの人も。遠慮なく端折れ。時間が惜しい、この際、要約だけでいい」

翔央は額に手をやり、苛立ちを収めようと大きく息を吐く。

華王は、常に言葉に毒を潜ませているると思ったほうがいい。その毒に冷静さを失えば、あちらの思惑に沿った判断をしてしまうかもしれない。

「……畏まりました。『嫁入りの用立てをしたのだから、自分も出立式に出席し、ぜひとも見送りをしたい』とあります」

李洸もまた玉座に倣い、一呼吸おいてから、長々しい手紙を端的に要約し、この場に居る上級官吏たちにも聞こえるように声を大きくした。

「見送りがしたい……か。やってくれる。それは、事実上の足止めだ」

官吏たちは、この手紙が意味するところにすぐ気が付いた。

「まったく伯父上はなにを考えているんだ。……たしかに『解らないし、解りたくもない』な」

翔央は叡明の言葉を思い出し、今更の同意を口にしてから、彼と同じくすぐに頭を切り替えた。

「聞いてのとおりだ。優秀な我が国の官吏たちは、すぐに理解したと思うが、華王の申し出は自身とともに龍義軍を栄秋に入れるための口実でしかない」

遷都の件を話していた最中でのこの手紙は、ある意味、効果絶大だった。早急に栄秋を離れなければならない。とんでもなく危険な存在が栄秋に迫ってきていることを、これでもかというほどに強く印象付けた。

翔央は玉座を立つと、朝堂の外まで届くかという大音声を響かせた。

「楚秋府への遷都と栄秋の民の移動を大至急で進めたい。龍義軍の者であろうと、華国軍の者であろうと、あちら側の者は、誰一人として栄秋の街門を潜らせてはならない。今回の朝議は、ここで解散だ。さあ、遷都に向けて、速やかに動くぞ!」

この『皇帝』の命令に応じ、朝堂の上級官吏たちは最前列から最後列まで、ほぼ一斉に平伏した。

第二章

小暑・末候の三日目・午後

朝議を終えた翔央は、皇帝執務室にすぐには戻らず、威皇后を呼んで、ともに手紙を届けてくれた上皇宮の使者を労った。急ぎで手紙を届けさせた翠玉の判断を褒め、すぐに出立の再調整を行なう旨の手紙を書いて持たせ、二人で使者を送り出す。そこから、それぞれにお付き太監である秋徳と魏嗣を伴って皇帝執務室に戻ると、衝立の奥から言い争う声が聞こえてきた。

「三日。それ以上、国政を止めるわけにはいかない。迅速が最重要だ」

叡明がめったにないくらいに大きな声で主張すれば、すべての官吏にとって礼節の手本と言われている李洸が、これまためったにないほどの強い声で叡明に言い返していた。

「一週間です。国政を移す以上、慎重かつ丁寧に事を進めるべきです」

二人が、三日と一週間とで争っているのは、楚秋府へ移動するための政務停止と、移動後の再開までにどれだけ時間を掛けるか、についてだった。

国の中央機関を移動するのだ、どうしても機能を一旦停止する必要がある。停止期間が長いほど、当然国全体の政治に影響を及ぼすことになる。ただでさえ、この国は、地方機関から寄せられる大小さまざまな問題までも、白奉城の朝堂で決めてきたのだ。中央機関への問い合わせと回答が地方政治の前提にある以上、影響しないわけがない。

だからこそ、叡明は中央機関の機能停止は短いほどいいという考えから三日で楚秋への遷都を終わらせるべきと主張し、李洸は影響が大きいからこそ、朝議と諸官庁の移動は慎重に進める必要があるから最低でも一週間は必要だという話になる。

「いいな。李洸も負けてない。議論になること自体珍しいんだ、叡明にとってもいい経験だな」

叡明の意見は、基本的に反対されることがない。彼のその優秀過ぎる頭の中で十分に検討を重ねてから出されるものであって、誰も反論しようがないからだ。

だが、今回ばかりは、官吏の最前線にいる李洸の感覚も決して間違ってはいない。中央機関は、地方機関ほどには直接的ではないにしろ、間接的に民の生活を、その命を握っている。政務の移動に漏れや間違いがあってはならないのだ。

二人とも、今回の遷都が民の生活に良くない影響を与えることを懸念した上で、日数を計算し、譲れない線を引いている。

そして、もう一人、線を引くものが皇帝執務室に居た。

「悪いが、老い先短いおっさんには議論している時間がねえ。若人の成長を見守っている余裕がないから切り込むぞ。……五日だ」

張折が二人の間を取ったような日数を提案すれば、李洸が反論する。

「五日では、案件の移動に取りこぼしが出ます」

だが、叡明の師でもある張折が、単なる妥協案として五日を提示するわけがなく、そこには、二人とは別の計算が入っていた。

「いいか、あらゆる案件は部署間調整のために行部を通る。このところ、俺はこの皇帝執務室に入り浸りで、すべての決裁は、うちの記憶力の化け物が通していた。あいつの頭一つで、かなりの量の書類が移動可能だ。これを使わなくて、どうする？」

皇帝執務室に戻ってきたのをいいことに、今日分の書類整理を始めていた蓮珠は、作業の手を止めて元上司を振り返る。

「……もしや、黎令殿の記憶にある分の書類は移動しなくていい、という話ですか？」

「話が早くて助かるぜ、陶蓮。まさに、それだ。部署間調整の要らない日常案件は、担当部署の中級・下級官吏に持たせて移動する。どれが必要でどれはしばらく触れなくてもいいかは、現場が一番よくわかっているからな。上級官吏は自分の派閥を統率し、移動させることだけに集中するほうがいい。これなら停止期間を五日まで短縮可能だ」

蓮珠は、元同僚の負荷の大きさに愕然とする。

「ああ、鬼の如き御方の元上司も、やはり鬼……」

蓮珠と一緒に書類整理をしていた魏嗣が納得いったように呟くのを、蓮珠は小さく咳払いして黙らせる。

だが、今度は叡明が黎令の処遇に追い打ちをかけてきた。

「行部には、楚秋府の役人との調整があるから、黎令が案件を頭の中に入れてないといけないのは変わらない。これは、黎令の負担増ではなく、黎令の有効利用ということになるのではないか」

「それは……本当に黎令殿が地府から出てくる側になりかねませんよ」

思わず、この場に居ない元同僚のために抗議するも、さらに黎令を地府へ追いやる元上司の同意が皇帝執務室に響く。

「いや〜、白鷺宮様のおっしゃるとおり。国政を完全に止めるわけにはいかない。栄秋府の一部を間借りできる部署は、バレない形で栄秋に残す。警察機構は栄秋に本拠を持つ許家にでも頼むことにしましょうか」

笑い納めた張折が表情を引き締める。

「んじゃあ、不敬を承知で言うぞ、二人とも。いいか、もっと頭を使え。国政のすべてを短期間で移動することは不可能だ。持っていかなければならないものと、できれば持っていきたいものを同列に並べるな。なにがなんでも移動から再稼働まで五日で収めるには何をどの順序で移動させるか、どれは栄秋に置いていけるか。議論すべきはそれだけだ」

行部の長は正二品。叡明はもちろん、正一品の丞相の地位にある李洸も、張折より上位だ。その二人が大人しく話を聞く態勢を作っている。このあたり、張折の年長者としての貫禄かもしれない。いかに相国一の頭脳と若き天才丞相と言われていても、二人とも三十路前だ。勝ちはしないが負けもしない『逃げの張折』と呼ばれた元軍師は、彼らとは、経験してきた場数が違いすぎる。

「旅程は目の前の元軍師が計算してやる。この手の移動計算は軍を動かすのと変わらないからな、俺が適任だ。お互いに得意分野で頭を使おうぜ。お二人の頭は、取捨選択にこそ使うべきだろう?」

張折に言われてすぐさま動いたのは、李洸だった。

「……わかりました。五日で楚秋府に移動し、すぐ再稼働するため、最重要機能だけに絞るように各部署に調整させます。移動手段の手配も元軍師殿にお任せしてよろしいのですか?」

その返事を聞けば十分とばかりに、張折は机の上に広げた地図に視線を向けると、もう叡明や李洸のほうは見ずに言葉だけ返すやり方に切り替えた。

「おう。行部を先行出立させるなら、何禅の家に協力を仰げる。西界に本拠を置いているが、国内河川の輸送路も強いし、適切な船の用意もあるからな」

どうやら、鬼な元上司の利用できるもの一覧には、黎令ばかりか何禅の名も入っていたようだ。黎令の副官である何禅の家は、西堺を本拠に船による運送業をしている。家業を継いでいるのは、何家三兄弟の長兄で何遼（かりょう）。彼は、威皇后、雲鶴宮（うんかくきゅう）の明賢（めいけん）と、その生母の小紅（しょうこう）とも繋がりのある大商人だ。

「民間商用船を徴用するんですか？」

蓮珠の疑問に、地図を見ながら計算を始めた張折が鼻を鳴らす。

「誰が馬鹿正直に軍船に徴用なんぞするものか。適切な料金払って、荷物として運んでもらうんだよ。民間船の民間利用だ。せっかくの中元節だぞ？　都から地方に多くの人と荷物が動くことの自然さを利用しなくてどうするんだ。陶蓮が後宮でやったことも、利用させてもらうのさ」

蓮珠は、威皇后として、龍義の手から妃嬪（ひひん）を護るために、彼女たちを実家に帰れるように手配し、順次送り出した。表向きは『中元節で里帰りする』という、相国民にとってはごくごく当たり前の理由をつけることで、龍義側にすべての妃嬪が後宮を去ることになるのを悟られないようしたのだ。

魏嗣を見上げた蓮珠は、あることを思い出して、「あっ」と声を上げた。

「どうした、蓮珠？」

翔央の問いかけに、蓮珠は自身の考えを整理しながら、皇帝執務室の首脳陣に尋ねる。

「楚秋府に遷都するということは、禅譲後、龍貢様側から派遣されることになる方々も楚秋府に入られるのですよね？　そうなると、管理側の太監の移動も必要になるのではないでしょうか？」

しばしの沈黙の後、張折が計算を書きつけていた紙を新しくする。この方々でも、失念することはあるようだ。それだけ状況が切羽詰まっているともいえる。

翔央や叡明には、お付きの太監がいるから、彼らを伴った移動は意識できても、殿舎を貴人が使える状態に整えるなどの裏方仕事全般を担う後宮の管理側の太監のような存在は意識しにくいのかもしれない。

同じ太監であっても、皇帝付きや宮付きではない彼らは、誰かに帯同することはないし、そもそも皇帝や皇后の許可なくして城の外に出ることも許されていない。後宮管理側の太監にも、遷都に伴って移動してもらうなら、彼らと話をまとめておかなければならない。その上で、皇妃たち同様に皇城を出る許可や栄秋を出る通行証の手配も必要になる。

「わかりました。計算は張折様にお任せするとして、楚秋府への移動準備については、わたくしが高勢殿と話をしてまいります。よろしいでしょうか、主上？」

今の今まで整理する書類の束を抱えていた蓮珠だったが、姿勢を正し、整えた蓋頭の下の表情を引き締めて、皇后の威儀をまとう。

「ありがたい。我が皇后は、本当に頼もしい存在だ」

翔央が賞賛の言葉とともに蓮珠を送り出してくれた。

皇后の居所である玉兎宮に入った蓮珠は、大至急で呼びだした高勢が到着すると、正房の長椅子を降りて迎えた。

「よく来てくださいました、高勢殿。急な呼び出しに応じていただき、助かります」

翔央が朝堂に集った上級官吏たちに命令でなくお願いをしたように、事実上解体した後宮の『元皇后』でしかない威皇后の立場では、管理側の太監に遷都に伴う移動の指示を直接出すことはできない。太監たちをまとめ上げている高勢に話をして、移動のお願いするだけだ。そのため、長椅子を降りて、同じ高さで話をする姿勢を見せるところから会談は始まった。

「これはこれは、大変早い再会ですな。皇后様にお会いできたこと嬉しく存じます」

高勢も現在の便宜上『威皇后』と呼ばれる存在がどういう立場にあるか理解しているので、平伏まではせず、皺の深い顔に笑みを浮かべて軽く跪礼した。

「申し訳ないのですが、再会と同時に再度お別れのための相談とお願いがあり、お呼びいたしました」

蓮珠は、紅玉と魏嗣に、周辺の気配を探らせてから、楚秋府への遷都の予定について話をした。

「楚秋府への遷都ですか。たしかに貴人が長期滞在される場となるのであれば、早急に太監を遣わして宮を整えねばなりませんな」

遷都の話の時点で、高勢は太監を向かわせる必要性を口にしてくれた。蓮珠としても話が早くて助かる。高勢のほうから『早急に太監を遣わして』と言ってくれたのだ、あとは多くを語らずとも太監の出立準備を始めてくれる。蓮珠は身代わり皇后として、彼らが城を出る申請書類に許可を出すだけだ。

そうなれば、問題はもう一つのほうといえる。

「ですが、華王様が白瑶長公主様を見送るために栄秋にいらっしゃるとのお話なので、華王様をお迎えするための人員も必要になります。なので、国賓の接待を任せられる者を幾人か栄秋に残していただきたく……」

楚秋府への移動以上に緊張して言えば、高勢が喉の奥を鳴らして笑いを漏らす。

「華王様をお迎えするための太監ですか。……これはまた大役ですな」

この役目は、たしかに大役だ。万が一、栄秋が戦場になったとき、その太監の命の保証はない。その覚悟がありながらも、華王に対してこちらの思惑を悟らせることなく仕えなければならないのだから。

宦官の専横を防止するために定められた五十人の上限。その五十人の中でも、ある程度の場数を踏んできた熟練の太監に残ることをお願いしなければならない。だが、楚秋府の長く使われていなかった貴人の宮を整えることも、熟練の太監でなければ難しい。

「若い者には荷が重いでしょう。わたくしが栄秋に残りましょう」

現役太監の最年長から見れば、どの太監も若いのだが。かわいそうに、高勢のお付きの者も、どう止めればいいのか戸惑っている。

「師父、それは……」

高勢のほうは、言ったことを覆す気はなく弟子たちを追い払うように手を振る。

「わたくしが決めたのだ。おまえたちは速やかに楚秋府へ出立する準備を始めなさい。五日後には楚秋府が動き出すのだ。我らは、それよりも前に場を整えておかねばならない。都の威儀を整える役目を果たして見せよ」

師父の言うことは、彼らにとって絶対だ。弟子たちが、あわあわと少し離れた場所にいる別の太監たちのもとへ走っていく。威国へ出立するはずだった威皇后が、なぜか戻ってきたうえに高勢を呼んだのだから、何事かと思い太監たちが集うのも無理はない。

「高勢殿……、良いのですか？」

太監最高位の高勢が出てくるとなれば、華王をお迎えするのに説得力が出る。

「切れ者の筆頭丞相は迷う時間など与えてはくれますまい。……まあ、この老いた身に楚秋府への強行軍は厳しゅうございますれば、適材適所というものですよ。願わくば、接待の場には秋徳殿と魏嗣殿をお借りしたいのですが、よろしいか？」

高勢ほどの太監になるとお付きの太監がいなければ不自然で、さらにその太監も高位でなければならないということになる。高勢は管理側の太監全員を楚秋府に送り出すつもりで話を進めている。そうなると管理側ではない太監で栄秋に残っているのは、皇帝付きの秋徳、皇后付きの魏嗣、白鷺宮付きの白染、あとは雲鶴宮付きの太監の四名のみとなる。白染と雲鶴宮の太監はいずれも高勢に次ぐ高齢で、高勢の左右にお付きとして控えるには不自然だ。太監としては若手の秋徳と魏嗣であれば、不自然ではない。

「そうですね。主上にお願いしてみます」

残る問題は、高勢のいない楚秋府で誰に太監の指揮を執ってもらうかになるが。すでに考えている人物はいるのだろうかと、高勢の言葉を待っているとさらなる頼みごとが降ってきた。

「あちらでの仕切りは、白染殿にお願いいたしましょう。わたくしが残る以上、あの方にまとめていただかねばならない。皇后様、交渉のほど、頼めますかな？」

白染は、元々は双子のお付き太監で、現在は叡明のお付きになっているため、表向きは『白鷺宮付きの太監』である。双子に説教ができる数少ない人物で、同時に双子の不遇の時代でも並みならぬ思いで養育に力を注ぎ、その身の回りの世話をしてきた忠義の人だ。そんな人物に、双子から離れて楚秋府へ行ってほしいと頼むのを頼まれた。

「そ、それはまた……大役ですね」

蓮珠は蓋頭の下で頬を引きつらせるよりなかった。

蓮珠は、白染の説得という大役を、早々に双子に委ねることにした。

なにせ、叡明付き太監である白染は、当然ながら蓮珠が威皇后の身代わりでしかないことを知っている。後宮が解体した現状では、蓮珠の公的な身分は、皇后付きの女官ですらない。表向き、完全に無職。そんな蓮珠が白染に頼み事などできるわけがないからだ。

それ以前に、双子の許可なく白染の出立を決められない。双子に管理側の太監が出立準備に入ったことと、高勢が栄秋に残ることに加え、秋徳と魏嗣をお付きに出すように頼まれたことを報告した蓮珠は、最後の最後に双子に高勢が楚秋府でのまとめ役に白染を望んでいることを伝えた。

「……万が一のことを考えると、一時的な内宮総監（ないぐうそうかん）代理でなく後任を任せられる方が良いとおっしゃって」

一番難色を示すと思っていた叡明が、最初に高勢の提案を支持した。

「高勢の言うことは正しいな。高勢がいない管理側の太監をまとめる者は必要だし、それを任せることが出来る者はごく限られている」

「それはたしかだが……いいのか、叡明？」

翔央が心配そうに叡明の顔を窺う。むしろ、翔央のほうが白染の楚秋府行きに難色を示していた。

「俺は武官時代があって、自分の身の回りのこともある程度自分でやるし、誰が副官で就いてもまあ平気だった。でも、お前は生活能力が著しく低いだろうが。太監には、それぞれのやり方というのがあって、俺は、お互いの妥協点に至るまで待てる。けど、お前は、違うだろ？　白染なしで、大丈夫か？」

蓮珠としては、新鮮な驚きだった。叡明にも苦手はあるようだ。

「………………冬来と栄秋を離れるときは、白染なしでもどうにかなった」

翔央が冬来のほうを見る。蓮珠もつられて冬来のほうを見た。二人分の視線を受けた彼女は、やわらかな笑みを浮かべる。

「わたくしも軍務が長く、自身の身の回りのことは自分でできます。護衛任務も多かったので、叡明様のお世話をすることも問題ありませんでした」

それは、叡明本人は何もしてないということか。叡明の言葉を肯定するかと思えば、さすがの容赦のなさ。まさしく、威皇后であった。

「白染殿に行っていただくのが最善の手であるなら、叡明様には自分でどうにかしていただくことにしましょう。ですから、早急に白染殿とお話しされたほうが良いと思います。早ければ、先行部隊は本日中の出立となるはずです。時間がありません」

この冷静に全体の流れを見て、今、するべきことを臆することなく提案できる姿に、叡明より先に翔央が決断を下した。

「おっしゃるとおりだな。……誰か、白染を呼んでくれ」

白染は、凌国出立準備の仕切り直しを指揮しているはずだ。彼は双子とともに凌国へ向かう予定だったし、いまもそのつもりで荷物の組みなおしをしている。その彼に、この提案はどう、響くだろうか。

金烏宮に呼び出された白染は、双子の提案を聞いても、少しも響いていないように見えた。

「たしかに、ご高齢の高勢殿にとって、急ぎ楚秋府へ移動されるのはご負担でしょう。ですが、長く管理側を離れて表側に仕えてきたわたくしに、楚秋府での内宮総監のご推挙とは、過分な評価というものにございます。先行部隊に多少遅れたとしても、高勢殿が楚秋府を仕切られるのか、太監たちの動揺も少ないのでは？」

　ある程度、予想していた通り、白染には拒否された。

「それで、栄秋に残る白染が華王の接待役に出てくるの？　たしかに伯父上は、興味ない人間の顔や名前を記憶しない人だけど、さすがに僕らの幼いころからの世話役である白染の顔は覚えていると思うよ。宮付きが貴人接待に出てくるとか、ほかの宦官はどこ行ったんだって怪しまれることこの上ない。接待役に出すなら高勢でなければならない」

　常よりも冷徹な声で、叡明が指摘する。これに対して、翔央は穏やかな声で説得する。

「白染が管理側を離れて長いのは、俺たちがよく知っている。だが、同時に、太監としての優秀さも、下の者への指導力もよく知っている。高勢のいない場で、白染以外の誰に、太監たちをまとめあげることができるんだ？　誰か名を挙げてくれないか？」

　高勢が白染を指名したように、白染も楚秋府行きを断るのであれば、誰かを指名しろということだ。とはいえ、指導者になれるほどの高位の太監は、高勢と白染を抜かすと、雲鶴宮付きの太監しかいない。だが、この太監は、華国から小紅が輿入れした際に宮付き太監として入った者で、管理側のような裏方仕事の経験がない。白染が押し黙る。

翔央は、その白染のすぐ前まで歩み寄ると、自ら膝を折り、幼い頃から常に味方であった人の手を取った。

「これは、俺たち二人からの願いでもある。……白染、楚秋府へ行ってくれないか。おまえには、少しでも生き残る可能性が高い場所にいてほしいんだ」

一人の太監を特別に扱うことは本来許されない。だから、ささやくような声で、翔央は二人の願いとしてそれを口にした。

「……ですが、お二人の身の回りを任せることができる太監がおりません」

それは、白染の最後の抵抗のようであり、声は少しかすれていた。

「高勢一人では、華王に対して格好がつかないから、秋徳と魏嗣をつける。おまえほど完璧ではないが、二人は、この非常時でも動ける太監だと思う」

叡明は、どこまでも冷徹だ。翔央と違って、椅子に座ったままで、白染に歩み寄ることもない。ただ、その横顔は何かをこらえているようだった。

「龍義は華国軍の後ろ盾を得て白龍河を上ってくる。その状況では、そもそも白染を凌国行きに同行させるわけにいかない。真正面から龍義軍とぶつかる可能性もあるからね」

叡明がそこまで言ったところで、その肩に傍らに立っていた冬来の手が乗せられた。

何か叡明に声をかけるのかと思えば、無言のまま肩を握った。少し離れた位置にいる蓮珠の目から見ても、冬来の手に相当の力が入っているのがわかる。蓮珠の手の甲に青筋が出るのと、冬来の手の甲に出るのでは、決して同じ力の入り方じゃない。

叡明が珍しくも冬来を睨み上げるも、冬来の表情は穏やかだ。翔央も蓮珠も、さらには白染までも無言でこの攻防を見守っていたが、大方の予想通り叡明が折れた。

痛みからの解放か諦めからかは定かではないが、大きく息を吐いて椅子を立つと、翔央のすぐ横に立ち、彼もまた自ら膝を折った。

「……白染は、いつだって僕たちの帰る場所を整えて待っていてくれるだろう？　その場所が、少しばかり北西に移動するだけだ。白染に願うことは、これまでもこれからも変わらないよ。僕らは凌国に行かねばならない。でも、僕らは、白染を信じているから、安心して戻ってこられる」

白染は双子のお付きだったが、翔央が武官の道を進んでからは、実質的に叡明専属のお付き太監だった。付き合いの密度がどうしても違ってくる。離れがたいのは、叡明も同じなのだろう。叡明は理屈が優先する人だ。胸の内にある想いを閉じ込めて送り出そうとしていた。それを、冬来は許さなかった。叡明に理屈ではないところを語らせたのだ。

その本音は、翔央にも見えていたのだろう。片割れの言葉を待っていたとばかりに笑みを浮かべると、力強く白染に想いを告げる。

「叡明の言うとおりだ、白染。凌国ですべきことをすべて終えたら、おそらく一旦相国に戻って来ることになると思う。なにせ、あまりにもバタバタとした出立だ、取りに戻らなければならないものもあれば、龍貢殿の派遣する者に引き継がねばならないこともあるからな。……その時には、栄秋にいたのと同じように俺たちを迎えてほしい。それができるのは、きっと白染だけだ」

双子の手が、白染の手を握る。深い皺の刻まれた白染の目元には涙が溜まっている。

「お二人がお戻りになる場を整えるためであるなら、この白染、どこにでも参りましょう。お二人がお戻りになるのを楚秋の地でお待ちしております」

涙をそのままに、彼は自分が見守ってきた双子に笑みを浮かべてから、首を垂れた。

出立準備のために金烏宮を去る白染の後姿を見送り、叡明が珍しく感傷的な言葉を口にした。

「……幼い日から途切れることなく、僕ら二人に仕えてくれた。きっと、呉太皇太后側から は、僕らをどうにかしろと散々言われただろうし、そうせざるを得ないような状況に追い込まれたことだって一度や二度じゃないだろうに。玉座にまで就いたってのに、何も報いることができなかった」

翔央が同意に頷きかけて、そのままからかうように笑う。

「まあ、穏やかな老境とは言い難いな。でも、まだ報いる機会はあるだろう？　龍義の件を乗り越えて、無事に公の場での禅譲を果たしたら、白染を郭家の家人として迎えるってのは、どうだ？　俺たちの手で、白染に穏やかな老境を用意しよう」

翔央の提案に、叡明は少し目を見張ってから、わずかに微笑む。

「……そうだね。それもいいかもしれない」

そんな未来の訪れを祈るように、叡明が目を伏せて返した。

金烏宮から皇帝執務室に戻った蓮珠たちを迎えたのは、李洸の叫び声だった。

「お二人とも、おやめください！」

敵方か、と急ぎ衝立の奥へ向かえば、紫衣の官吏と鎧姿の武官がつかみ合いのケンカをしていた。張折と春礼だ。

「この頑固者がさっさと頷かねえんだ、しょうがないだろう」

張折が吠えれば、春礼が反論する。

「おまえが笑えん冗談を撤回しないからだ！」

お互いの首元を掴んだまま睨み合うという両者一歩も譲らずの状況に、翔央が李洸を手招く。

「……李洸、これは何事だ？」

問われた李洸のほうが困惑している。相国の若き天才丞相が、これほど表情を隠さないのも珍しい。

「張折様が春礼様を、我々先行部隊の護衛に推挙されたのです。それが、なぜか殴り合いに発展いたしまして……」

蓮珠は、今日だけで何度誰かの珍しい表情を見たか、わからなくなってきた。人間非常時には、普段隠れている顔が出やすいと聞くが、ここまで来ると出し過ぎではないか。

「李丞相、『なぜか』とは心外です！　この春礼、お二人の幼き日より、お二人をお守りすることが使命と決めております。それを、この大事に、お二人から離れろとは、冗談にも程がある。こうなるのも必定にございます！」

なるほど、春礼は白染と同じく双子を幼い時から見守ってきた人で、この非常時に離れるなんて考えられないと思う側だったようだ……などと考えている間にも、二人の言い合いは続いている。そのつかみ合いに、翔央が腕を入れて二人をうまく引き離した。

「さすが、我が主。武官同士の取っ組み合いを止めるのに慣れていらっしゃる」

そう呟く秋徳もまた、この手の場面に遭遇するのに慣れているようだ。すぐに動いて、翔央と二人がかりで春礼将軍を抑える。張折のほうは、さらに恐ろしいことに冬来が抑えて、叡明が仲裁に出た。

「埒が明かない。張折先生、時間を惜しむにしても、これは説明が必要な場面です。春礼将軍が納得するように理由説明を。それが終わるまで、将軍には大人しく聞いてもらうようにしますから」

叡明が視線で翔央を促し、応じた翔央が春礼将軍をさらに一歩下がらせた。

それでも厳しい表情を崩さない張折は「時間がねえってのに」とぶつくさ言いながら、机の上に広げた地図を示す。

「いいか。楚秋府行きはどの官吏も無事についてもらう必要があるが、中でも李洸殿をはじめとする先行部隊は、誰一人欠けるわけにいかないんだ。これは、きっちり五日で国政を再稼働するために最低限必要な人員だけで構成されているからだ。この先行部隊だけが、一旦派閥の本拠を経由するほかの官吏たちと異なり、最速・最短の旅程で楚秋府を目指すことになる」

張折の指が栄秋から楚秋へまっすぐに移動する。

「最大の問題は、この先行部隊が今日の夕刻にも楚秋府に向けて出立することは宮城の者なら誰でも知っているってことだ。時間がなくて、楚秋府への遷都を報せる朝議の出席者を選んでいる場合じゃなかったからだ。俺は、龍義側の内通者が後宮の若い宦官一人だったとは思えない。栄秋には、まだそれなりの数の龍義側の者が紛れ込んでいるはずだ。そいつらは、必ず先行部隊を狙う。龍義のいる本隊は、まだ南海だろう。だからこそ、相国内にいる連中は、栄秋掌握は本隊に任せ、小規模部隊であっても狙いやすい先行部隊を潰しにかかるはずだ」

張折の断言に、指先から顔に視線が集中すると、彼は付け加えた。

「ごく普通の感覚で考えれば、上に立つ人間ってのは、下々の者を犠牲にするものだ。だから、連中は、郭家の重要人物が、栄秋を捨てて、楚秋府に向かう先行部隊に入っているはずだと思い込んでいるわけさ」

龍義側は、こちらが自分たちを囮に栄秋の民を逃がす作戦をとるなんて思わないからこそ、先行部隊が本命だと思って狙うだろうという話のようだ。

「あちらさんは、栄秋に潜入させていたほぼ全員を投入するだろうよ。さすがに一人二人でどうにかなるものじゃねえからな。問題はここから先だ。今回は、ただ相手を退ければいいわけじゃない。こっちは、先行部隊に郭家の者が入っていない情報もあちら側に渡したくないんだ。だから、一人残らず捕えてほしい。遺体を残せば、それもまた相手に与える情報になる。仕掛けてきた奴らを漏れなく捕えて、楚秋府の牢屋にぶち込んで、徹底した監視下に置く。すべてが終わるその日まで、龍義軍本隊と完全に断絶させるんだ。これを完璧に遂行できるとしたら、春礼とその部隊だけだ。違うか？」

たしかに、楚秋まで先行部隊を逃がすだけなら道々で郷兵を頼むことも可能だろう。でも、元軍師の策は、その先の先までも要求している。

「これがうまくいけば、二人を凌国に向かわせる道も少し楽になる。今回の作戦は、全部が全部ギリギリなんだ。成功率をわずかでもあげるためには、これが最善手だと俺は考えている」

張折自らが春礼将軍に歩み寄り、それを訴える。張折が軍師時代に得意とした『勝てないまでも負けない戦い』、それを支えたのは春礼将軍の部隊だと聞いている。

「……離れた場所から、お二人を守れと、おまえは言うのだな？」

反論でなく拒絶でなく、春礼将軍は静かに問う。それを見て、翔央と秋徳が抑え込んでいた手を下げた。

「そうなるな」

自信たっぷりの笑みで返す友人に、春礼将軍が一歩歩み寄る。

「張折、そのギリギリの作戦で、おまえの無事は計算に入れているんだろうな？」

「……ギリギリ」

張折は友人の視線を避けて、応じた。長くはないが上司と部下だった蓮珠にはわかる。これは『ギリギリ入れてない』のほうだ。

「親しい友を失うのは一度で十分だ。お二人の無事だけじゃ足りない。おまえの無事も保証しろ。でなければ、楚秋府へはいかないからな」

とんでもなく不機嫌な声で、春礼将軍もそっぽを向く。

「ああ？　いい大人が子どもみたいなこと言うなよ。……俺は、二人を見守る役目を秀兄から引き継いだんだ。それを放棄するつもりはない。見守るためには、俺自身が生き延びないといけないわけだから、な」

澄ました調子の張折の鼻先を、春礼将軍が摘まむ。

「時間が惜しいなら遠回しな言葉で済ませるな」

「己の馬鹿力を自覚しろよ、鼻がちぎれるだろうが！　……わかった、わかったから。俺は必ず生き延びる。だから、あんたも生き延びろ」

二人のにらみ合いに、もう先ほどまでの憤りや苛立ちはない。あるのは、旅立つ友の無事を祈る想いだけだ。

「なんでしょう……。聞いているわたしが恥ずかしくなってきたのですが？」

蓮珠は蓋頭の下の頬を両手で押さえる。近くに居づらくなったのか、春礼将軍のそばを離れて蓮珠のほうに寄ってきた翔央は額に手をやっていた。

「俺に言うな。俺も恥ずかしくなってきているんだから」

見れば、叡明は呆れ顔でさっさと自分の机に戻っていく。冬来は、微笑ましいものを見るように、穏やかな笑みを浮かべていた。

あの何事にも動じない余裕が、身代わりの自分にもほしい。そう思って冬来を眺めていると、衣の袖がわずかに斜め後ろから引かれる。

振り返れば、紅玉が声を掛けづらそうな様子で蓮珠に視線で訴えかける。

「紅玉さん？　……もしや、なにかありましたか？」

こういう場でも、遠慮のない蓮珠はわりと声が出る。今回の場合は、それが良いほうに傾き、紅玉が安堵の表情で封書を蓮珠に差し出した。

「この場ですが、皇后様宛に明景に居られます元周妃様より封書が届きまして、急ぎお持ちいたしました」

「周妃様から？」

皇帝執務室の空気が一転して緊張する。室内の視線のすべてが蓮珠の手元に集中した。

手早く、且つ慎重に封書を開けて、書面を広げる。飛び込んできたのは、威皇后として見慣れた周妃の字だった。代筆を使わず本人の筆である時点で、中身の重要性が窺える。

「出立の挨拶……は、一枚目だけですね」

官吏仕事の書類を読む速さで蓮珠は文面に目を通す。その速さでも問題ないのは、蓮珠の目が重要な部分で必ず止まるようにできているからだ。文字からある程度の感情が読み取れる蓮珠の目には、出立の挨拶が本命でないこともわかる。二枚の半ば、そこから唐突に文字の勢いが変わる。数行読んですぐに蓮珠は地図を広げてある机に走り寄った。

「机の上をお借りしますね！　冬来様、周辺確認お願いします」

「どうした？」

皇帝執務室内の全員が蓮珠の手にある紙面を見に、机の周りに集まる。蓮珠は冬来が頷くのを見てから、周妃からの手紙を並べた。

「周妃様より、明景の港で目撃された華国船団に関する情報です」

冬来に周辺を確認してもらったが、あえて蓮珠は文面を読み上げることは避けた。

机に集まってきた面々がそれぞれ食い入るように手紙を読む。

「……向かわせて戻っての日数を考えて、西堺までしか斥候を出せなかったが、明景での情報が手に入るとは」

張折の呟きに喜色が混じる。明景は、相国のほぼ南端にある大きな街だ。南海に面しており、白龍河に入っていく船を確認できる位置にあるが、斥候を向かわせて戻りを待つには距離があるのだ。

続けて読み途中で顔を上げた叡明が、蓮珠の顔をまっすぐに見てきた。

「よくやった、陶蓮」

蓮珠は、慌てて手と首を横に振る。

「いえ、これは周妃様が……」

だが、すぐ傍らにいた翔央も蓮珠を称賛した。

「いや、叡明の言うとおりだ。周妃が後宮を辞したあとでも、これを威皇后宛に送ったのは、おまえに対する信頼度の高さ故だ。これは誇っていい」

蓮珠が双子の褒め倒しに腰が引けているうちに、張折は手紙を一人読み進めていく。

「おいおい、すごいぞ。船団の規模、船の種類、掲げている旗の数も書かれている。全体の四割が龍義軍の船の扱いだ。六割の船が鳳凰旗とは、華国は龍義軍の後ろ盾に本腰入れてやがるな。左右龍の争いで龍義不利は、華国だってわかっているだろうに……」

手紙を最後まで読んだ張折は、さっそく計算を始める。

「この型の船だと乗せられる馬は、このくらいだろう。そうすると出せる速度は……」

その横から春礼が龍貢軍から聞いている情報を加えて修正を重ねる。

「おっし、こんなもんだな。……まあ、さすがに途中停泊して、のんびり白龍河を上ってくるなんてことはしないだろうという前提で計算すると、明日の夜半に西界前を通過して、明後日の午前中の早い時間には栄秋港にお出ましだ」

これで最も難しかった囮となる郭家の出立日程が決まった。翔央は張折の手元の書付を覗(のぞ)き込み、自身でも計算していた。

「よし、残された時間が見えたな。李洸は予定どおり本日夕刻には出立。蓮珠は、後宮管理側に出立を促してくれ。俺と叡明は、各派閥の長を呼び出して再度調整だ」

指名されたそれぞれが頷いたところで、翔央が獰猛(どうもう)な笑みを浮かべる。

「では、郭家の淩国出立作戦を開始しよう」

眼帯があるか否か、それ以外は同じ顔のはずなのに、皆に作戦開始の号令をかけるその人は、皇帝郭翔央の顔をしていた。

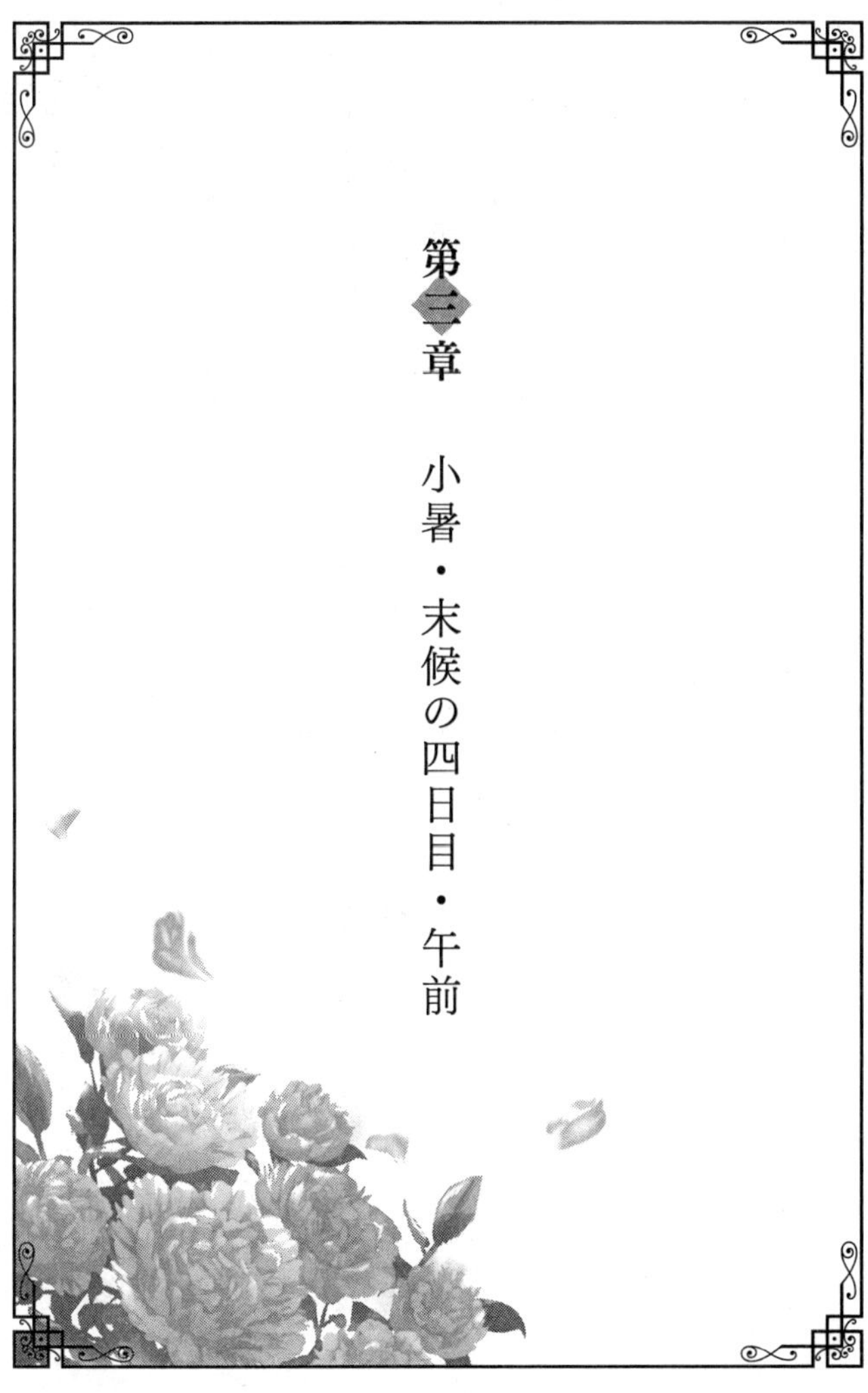

第二章

小暑・末候の四日目・午前

李洸たち先行部隊の出立を見送った翌日。皇帝執務室内は予定が決まったことで、朝から緊迫していた。華王からの書状にどのように対応するかが問題だった。どれほどあからさまな龍義軍のための足止め策だとわかっていても、華王の白瑶長公主見送りの申し出を拒絶するわけにもいかないからだ。

「腹立たしいが、あれでも翠玉の伯父だ。その上、衣装、装飾品、調度品に至るまで、かなり華やかにしていただいた。兄としては、ありがたくも情けない話だ」

翔央は腹立たしさを隠さずに感謝と悔しさを口にする。大陸有数の貿易都市栄秋に都を置く相国ではあるが、国としての懐事情は厳しい。先帝の御代の後半から戦禍に荒れた国土を整え、地方復興に努めてきた。これから国が豊かになるための土台作りをしていた段階で、国として得た南部の富は、ほぼすべてそこに投下している。

長く存在が秘されていた長公主の突如決まった東の大国・凌への輿入れに、西の大国として豪勢に送り出す予算は確保されていなかったのだ。

「それでも、先帝が上皇宮に貯め込んでいたあれやこれやを、惜しみなく投じてくださったから、相国として整えた形で送り出すことがなんとかできたが……」

叡明も難しい顔をしている。

先帝は、翠玉の存在を知っていた。いずれ自分の手元に引き取り、嫁に出す日を想定して、日頃から輿入れ準備金を確保していたようだ。

同じく翠玉の存在を知っていた叡明ではあるが、いつ戻せるかもわからない妹よりも国の復興が優先だったのだ。その点は、翔央も同じだ。

「俺も身代わり始めてから地方復興に個人の予算を投じてきたから、父上のようには整えてやれなかった。伯父上の要求を拒み切れない」

なお、郭兄弟で一番個人資産を持っているのは最年少の明賢で、凌国へ向かうための船も明賢所有のものだったりする。長兄夫婦の出産のお祝いも、突如現れた次姉の結婚祝いもちゃんと用意した兄姉孝行の末弟だ。

「主上、その先帝陛下の使いの方がいらしております」

翔央は叡明と顔を見合わせた。先帝は、息子たちの代の政(まつりごと)には口を出さないというのを徹底している。そのため、こちらから声を掛けない限りは、同じ栄秋に居ながら存在を消したかのようになにも言ってこない。先帝本人が皇帝執務室に使いを送ってよこすなど、よほどの事態が発生したのでは？　正直、嫌な予感しかしない。

「出立の確認だろうか？　とにかく話を聞こう」

翔央は、急ぎ叡明と蓮珠を伴って、壁華殿の別の部屋に移動した。最奥に一段高くした長椅子を置き、その左右には客人用の椅子を向かい合わせに置いてある。地方を任せている上級官吏があいさつに訪れた時などの略式謁見用の部屋だ。

「先帝陛下より、華国からのお客様の件でご提案をお持ちいたしました」

上皇宮からの使いは、双子もよく知る古参の太監だった。

「久しいな」

上皇宮も湊国出立に向けて人を減らしていたから、先帝が在位していた頃からのお付き太監が来たのかもしれない。ただ、それでもこの人選に不安を感じる。

「……まさか、華工の顔を見ると危ないから追い返せと言っているのではあるまいな？」

さすがにそれは承服できない。

「いいえ。……白瑶長公主様は上皇宮よりご出立なさいます。ですので、お見送りをご希望されるお客人様の接待は、上皇宮側で行なうのが筋ではないかとのご提案にございます」

思わず翔央は長椅子から腰を浮かせた。

「父上が……そうおっしゃったのか？」

使いの者が肯定すると、翔央は座りなおしてから叡明の顔を見る。叡明は首を振る。

「申し出は受けた。だが、外交の絡む話だ。こちらで対応する者を用意しているので、できればいったん彼らと話をしてからにしたい。郭家は出ていく身だが、官吏や太監には今後のこともある。できるだけ早く結論は出すから、少し預からせてくれ」

　即決を避けて、使者をいったん帰らせた双子だったが、皇帝執務室に戻ってもすぐには方針を決められずにいた。

「華国からの客人を宮城から離れた場所に留(とど)められるなら、こちらとしてもありがたい話だが……」

　叡明でも判断しかねる顔を見せることがあるようだ。蓮珠は、二人の会話に口出しせずに黙っていた。

「いや、ありがたいが、その……本当に大丈夫なのか？　あの二人を近づけるのは、別の外交問題が発生するぞ？」

　翔央が不穏なことを言いだす。

「まさか、あちらが先に手を上げれば、反撃で確実に仕留められるとかなんとか考えておられる可能性があるのでは？」

　応じる叡明まで、先帝の提案に裏があると疑っている。

「ああ、たしかに。背は伯父上のほうが高いが、いかんせん細すぎる。父上のほうが基本的な膂力(りょりょく)はあるだろうな」

　双子の中で、先帝と華王の直接対決が行なわれると、なぜか決定している。

「話の前提がおかしくないですか？」

さすがに蓮珠も口を出さずにいられなくなった。

「おかしくなくもない。……凌国に向かう郭家には先帝陛下も含まれる。公式に禅譲が成立すれば、元皇家の身分で、現役国王の華王には近づけなくなる。これが最後の好機とお考えであったとしても不思議じゃない。あのお二方は、こじらせ具合がいい勝負なんだ」

翔央によれば、双子の生母である朱皇太后（しゅこうたいごう）の早すぎる死を巡り、先帝と華王は、その原因が相手側にあると考え、激しく対立しているのだという。

先帝は、朱皇太后の輿入れ後に玉座に就いた華王が、兄として何かにつけて相国に物申してきたことで、隣国の影響を懸念する国内勢力から朱皇太后が警戒され、後宮での孤立や冷遇につながったと考えているそうだ。当時の先帝は、義兄である以前に『同盟関係にある隣国の国主』の言ってくることを、すべて無視するわけにいかない国主としての立場があった。そうした状況下の中で朱皇太后が心労を重ね寿命を縮めていっているのに、どれほど裏から頼んでも、公式の場での『兄としての口出し』をやめようとしなかった華王を、先帝は強く恨んでいるという話だった。

一方で、華王は最愛の妹を『相国が奪った』と思っている。だから、取り返そうとして、相国に再三物申したが、先帝が朱皇太后を手放さなかった。その偏った寵愛（ちょうあい）が、朱皇太后の後宮での孤立や冷遇につながったとも考えており、結果的に妹を早すぎる死に至らしめたのは、先帝であるとして、激しく憎んでいる。

　また、輿入れに侍女として付き従った蓮珠の母である朱黎明（しゅれいめい）は、華王から『相国に手引きした女』と認識されており、蓮珠の母が故人となった今もなお憎しみの対象となっている。この対象は、朱黎明個人にとどまらず、その実家である朱家は、華王が玉座に就いたのちに、理不尽な理由により家ごと潰された。

　さらには、朱黎明の娘であることを理由に、蓮珠も華王の憎しみの対象に入っており、殺されかけただけでなく、冤罪（えんざい）により処刑に追い込まれそうになったりもした。

　とはいえ、華国公主の相国への輿入れは、国家間の慣例に従ったものであって、相国側が公主を奪ったわけではない。皇族・王族の婚姻は、国の事情が絡むのが常である。その国の事情が絡む相国長公主輿入れのための出立式の場で、なぜ個人的な決着をつけようとしているのだろうか。過去の因縁は身の内に飲み込んで、大人しく見守っていただきたいものだ。

「朱皇太后のことがなければ、表向きは平静を装える面の皮の分厚さもいい勝負だね」

　叡明が補足すれば、翔央が「たしかに」と肯定して苦笑する。

「訂正します。話の前提が怖すぎです。まったく笑えません」

事が事だけに、蓮珠にとっては苦笑いも浮かばない話だ。

軽口叩いていても結論に至らないのは双子もわかっている。翔央も叡明も、諦めたように瞑目する。

「輿入れの道具を整えてもらった以上、伯父上は受け入れねばならない。上皇宮から翠玉を出立させる以上、父上の申し出は理に適っていて、これもまた受け入れねばならない。それが最悪の状況を招き入れることになるとして、筋は通す必要がある。大陸中が我が国のすることに注視している状態だ。今後も栄秋の街が貿易相手として信頼できるか否かを、栄秋がどう翠玉と郭家を見送るのかで計ろうとしている」

翔央が瞑目したまま唸る。

「……華国からのお客人のご希望は『白瑤長公主の見送り』だったよね？」

呟いた叡明が目を開くと、近場の机に広げた栄秋の地図をじっと見下ろす。何か思いついたらしい表情に、皇帝執務室内の視線が集中する。

「よし、決めた。この手で行こう」

叡明が決めたと口にしたのだから、すでにその頭脳で成功までの計算が終わっているはずだ。それでも、翔央も蓮珠も地図を広げた机に駆け寄った。

「叡明、なにかいい手を思いついたのか？」

翔央が問いかければ、叡明は口調を玉座に在る者のそれに改めて、方針を告げた。

「白瑶長公主の出立式は、より多くの栄秋の民に見送ってもらいたい。故に……栄秋港にて執り行なうこととする」

それがどう問題を解決しているのか、すぐには蓮珠はわからなかった。

「さらに、どこからも見やすいように船上で行なう」

付け加えられた内容に、清明節の栄秋港で行なわれた威国蒼太子と蒼妃の見送りを思い出す。想像の中で蒼太子と蒼妃を真永と翠玉に変えてみるも、華王や先帝の位置関係が見えてこない。

「列席者はそれぞれ自身の用意した船からこれに参列いただこう。もちろん、華国方面からお越しいただくお客様方にも船を降りることなく参列してもらう」

ここにきて、聞く一方だった翔央が、ぼそりと呟く。

「……誰一人として陸に上げない、ということか」

ようやく蓮珠の中でも話が繋がった。

真意が伝わった反応を見て、叡明が頷いた。

「そういうこと。華国からのお客人は、白瑶長公主のお見送りをご希望なのだから、出立式に参列後は、凌国に向かう白瑶長公主を乗せた船と白龍河を下っていただけばいい。ご自身の船に乗ったままで、ね。栄秋に入る必要はないし、入れる必要もない。それは、お見送りのお供としてご一緒に栄秋にいらっしゃるという方々を含めてだ」

叡明の改めての説明を聞きながら、翔央は幾度か頷き、さらに追加の提案をする。

「なら、郭家の出立も同時だな。白瑶長公主の船に続いて、我々も堂々と栄秋港から相を出る。これで、あちら側には栄秋に入る口実もなければ実利もなくなる」

出立式には、大陸中の目が向けられている。

白瑶長公主の輿入れは、相国の手を離れることになる大陸有数の貿易都市栄秋が、東の大国である凌国と縁を結ぶという象徴だからだ。

これは、とても大きな出来事である。栄秋は南の華国、北の威国に次いで、東の凌国とも縁づいたことになる。凌国の新王を華国が認めず、二国間が半ば絶縁状態にある今、栄秋だけが、すべての大国と取引可能な貿易港となるのだ。

その大陸中が注視する白瑶長公主の凌国輿入れで、下手に暴れれば、栄秋が貿易相手として縁を結んでいるすべての地域から無礼者の誹り（そし）を受け、最悪取引を切られることになる。これは、栄秋を手に入れて、その富を搾り（しぼ）取ろうとしている龍義側にとって、あってはならない状況を招く。彼らが禅譲という体裁にこだわるのも、相国の武力を恐れているわけではなく、大陸中の目を恐れているからだ。

「そうだね。あちらが体裁を気にしているなら、こちらはそれを最大限利用するべきだ。翔央の案でいこう」

叡明の了解を得て、翔央が皇帝として使いに出す者を呼び寄せる。

「大至急、派閥の長に出立式の件で臨時朝議を開くと通達。船上の列席が当然であるように見せるために総出でご協力いただこう。出立式後にそのまま白龍河を下る件も頼んでおこうか。あと、大きな船を持つ商人も出立式に招こう。栄秋港全体で、陸に上がらずに進行する出立式を演出するんだ」

言いながら思いついたのか、翔央が使いの者に付け足した。

「最後に、栄秋の民にも明日は港で出立式だと派手に報せるよう、栄秋府に依頼を出しておけ。港も港への道も多くの人で埋まっているほど、この策はうまくいく」

栄秋の民は、基本的に華やかな行事が大好きだ。中元節の帰郷の土産話にもなる皇室最後の慶事を見物したくないわけがない。清明節と同じか、それ以上に人が集まることになるだろう。

「いよいよ話が郭家だけでは済まなくなってしまったな。臨時朝議に出る者以外は、それぞれに出立の最終確認を始めてくれ。明日の朝、皇城を出たら、もう戻ることはないのだから」

栄秋を離れることに欠片の未練もない笑みで翔央が新たな作戦開始を告げた。

緊急の呼び出しから半刻（一時間）。虎継殿に人が集まってきた。上級官吏全員が入る広い朝堂ではなく、小規模の宴や謁見のために使われる小ぶりな殿舎に上級官吏の正装たる紫衣をまとった─数名が臨時朝議の名の下に招集されたのだ。

臨時朝議に招集されたのは、朝議でも最前列か二列目かという各派閥の長たちだった。彼らのほとんどは中元節で本拠に帰っていたが、昨日行なわれるはずだった出立式に合わせて一時的に栄秋に戻っていた。いずれの派閥も、情報を集めてはいるので、栄秋に留まり皇室側の次の動きを待っていたという。

「さて、主上……と、いましばらくは呼ばせていただきますが。まず、どういう状況か。そして、どうなさるおつもりか。お聞かせいただけますかな」

口火を切ったのは、五大家の一つ、王家の主である王勤だった。五大家は建国当初から太祖に臣従していた家である分、今回の国譲りでは微妙な立場にあった。龍貢は、すでに官吏の家となっていることを理由に、その地位を保証したが、龍義は当初から五大家は郭家と同じく旧高大帝国の土地を略奪した側であり排除の対象だった。龍義軍への対応は、自身の家の存亡に直結するため、かなり強い口調になっていた。

応じる郭家側は、皇帝、白鷺宮、皇后と護衛の冬来。進行は、李洸が昨日、楚秋府に出立したため元軍師で行部の長である張折が務めることになったが、皇帝は、最初に……と、周家からの情報に感謝を述べた。

「早い段階で重要な情報を、的確な形で届けていただいた。周家には大変感謝している。送り主に我々の感謝をお伝えいただきたい」

「お役に立てたのなら、娘も喜ぶでしょう。伝えておきましょう」

お互いに周妃から皇后という経路で情報が届いたことは口にしない。どこかにあるかもしれない龍義側の耳を意識してのことだ。栄秋から人を出さなくても情報が届くなどと知られれば、栄秋の外から入るすべての者が警戒される。それでは貿易都市としての機能が危ういし、なにより栄秋を出入りする商人たちの身も危なくなる。

「では、そのいただいた情報をもとに計算した、現在の龍義軍・華国軍の軍船団の位置について、小官から説明いたしますね」

多少言葉を改めているものの、張折は普段とあまり変わらない軽めな口調で、船団の規模や龍義軍の構成、推定される現在位置を説明する。

虎継殿は朝堂に比べて小さな建物だが、宴を催すだけの広さはある。また、朝堂に比べると最奥の玉座も段差が低く、集まった官吏たちとの距離も近い。対話に声を張る必要はなく、それでいて必要最低限の柱以外に置かれたもののない室内は、密談に見えない密談をするのに最適だった。

その説明の最後に、張折が行動方針を提示する。

「お集まりの方々には、どうか白瑶長公主様のご出立と同時に、本拠に向けて出発してもらいたい。もちろん、栄秋港での出立式にもご参加いただく。……というのも、上皇宮の先帝陛下から、白瑶長公主様が上皇宮から出立する以上、見送りにお越しになるお客様の接待も上皇宮側で行なうのが筋だと、大変ありがた迷わ……ありがたい、ご提案をいただきました。だが、お集まりの方々も、これは先帝陛下のお手を煩わせるわけにはいかないと、お思いになったでしょう。その思いを酌んで、主上より『華王陛下に、栄秋の上皇宮までご足労いただかなくても済む、船上出立式』を発案いただいた次第です」

これが最も大事な話とばかりに、張折が派閥の長全員の顔を確かめる。

「華王陛下には、乗っていらした船から降りずに、出立式にご出席、およびお見送りをしていただく所存です。先帝陛下が、華王陛下の接待にお出ましになる必要はありません」

その点に関しては、全派閥の長が反論することなく、重く頷く。

「……とはいえ、張折殿。船上での出立式というのは、前例がないのではないか？　まして、そのまま船で本拠へ向かうなど、あちらから怪しまれる可能性はないだろうか？」

この当然の疑問には、白鷺宮が応じた。

「中元節で地元に帰るのは当たり前だと堂々としていればいい。大陸中央では廃れた風習になっているようだから、龍義軍の者たちも真偽の判断がしにくいだろう。こちらとしては好都合だ」

張折が、行部の長として、昨日の夕刻に楚秋府へと旅立った部下たちを想い、出立後の話を付け加える。

「ただ、地元に帰ったら、すみやかに楚秋府へ向かっていただきたい。中元節で処理が滞っていた案件があるうえに、五日間業務が止まるんでね。どなたの部署も仕事が山積み状態でお待ちしていますから、切実に頼みます」

張折が朝堂より近く、低い位置にある玉座を振り返る。翔央は頷くと、皇帝として並ぶ派閥の長たちに臨時朝議の終わりを告げた。

「本日の朝議は、これで解散とする。先日のそれとは意味するところが異なるが、……どうか、後を頼む」

ここから先は、派閥それぞれに出立の準備に入るため、再び集まる時間の余裕はない。次に一堂に会するのは、栄秋港で行なわれる出立式本番となる。

「……主上、お任せを。我らは、この国の官吏でございますから、それぞれに考えて適切に動いて見せましょう」

めったに自ら口を開くことのない范言が、口元に微かな笑みを浮かべて返す。見れば、ほかの派閥の長たちも一様に同じような表情をしている。彼らは、すでに戦いが始まっていることを理解しているのだ。

「さすがは相国の官吏だ。これで憂いなくこの椅子を降りられるというものだ」

ひとつの王朝が終わるとき、これほど満足そうな表情で玉座を降りる人が、歴史上どれだけ居ただろうか。その玉座を降りる姿を見てなお、この人が治める国に生まれ、その治世を支える官吏の一人であったことを、蓮珠は誇らしく思った。

虎継殿から璧華殿の皇帝執務室に戻ったところで、扉前を警備している武官から声がかかる。

「主上、中央からのお客人です」

瞬時に全員が身構えた。蓮珠は思わず声がもれる。

「そんな……」

龍義本人はまだ船の上のはずだ。龍義の手の者だろうか。そうだとしたら、いまこの時に華国の者でなく中央の者であることを名乗って現れる理由は？

皇帝執務室の扉を開けたところで、部屋の奥との区切りで立ててある大きな衝立の手前に居た人物もまた身構えていた。

「なんですか、その空気？　来ちゃマズい感じでしたか？　ご不在中に執務室に入れていただいたのは申し訳ないですが、ちゃんと大人しくしていましたよ、見張り付きで」

臨時朝議中の皇帝執務室で留守番を頼んでいた魏嗣を指さし、身の潔白を訴えたのは、見知った顔だった。

「カイ将軍！」

城内用の簡易鎧姿のカイ将軍である。袁幾（えんき）の側近として龍義軍に潜入していた時とは異なり、東を表す青色を基調とした鎧を身に着けていた。色目人である彼の高大民族離れした顔立ちや瞳の色には、こちらの色のほうがしっくりくる。

「お久しぶりです、というほどではないですね。自分としては、出戻りって感じです」

「龍義軍が動いているんで、連絡要員として派遣されました。しばらくお世話になりたいんですが、大丈夫ですか？」

見るからに武人らしい大柄且つ筋骨隆々とした見た目で、軽やかな挨拶をする。

張折が思い切り呆れた顔をした。

「こちらには、その時間的余裕も人員的余裕もないのだが？」

翔央は、張折にカイ将軍の対応を任せて、衝立の奥へと向かう。蓮珠もそのあとに続けば、衝立の向こうから二人の会話が聞こえてくる。

張折はカイ将軍の足止めだ。衝立のこちら側では、翔央と叡明が机の上に広げた地図や書付を粛々とまとめる。それらを受け取った蓮珠も無言で翠玉が使っていた代筆用机の上へと退避させる。

「……で、将軍さん。連絡要員を名乗るなら、そちらの状況がどうなっているのか、報告してもらえるんだよね？」

張折の声に皮肉が混じっている。

「もちろん。龍貢軍は、現在白龍河の対岸で龍義軍と交戦中。戦線は南寄りだが、華国側に逃げ込んで手出しできなくなったんで、南を睨む部隊を残したうえで、北に逃げた連中を追っている。……でも、聞く限りじゃ、華国に入った本隊は軍船で白龍河を上ってくるみたいだし、北の残党つぶしに注力したほうがいいかね、元軍師殿？」

頃合いを見計らって張折が大きな衝立の横を抜けてくる。

「俺なら念のために、背後を衝かれないような陣形を維持して北に向かうね。んで、それを聞くってことは、栄秋に出せる手はないって言いたい？」

皇帝執務室の奥へと入ってきた張折の後ろをついてきたカイ将軍は、皇帝と白鷺宮にも訴えかける。

「どちらかというと、手の出しようがないってことですよ。龍義軍の後ろ盾に華国軍がついちゃったんで、一旦様子見とさせてもらうよりない。いくら龍義軍に対して優勢な我々とて、華国の軍船に対抗するものは持っていないのでね。……ほら、元軍師殿もご存じのとおり、我が龍貢軍も大陸中央を本拠に持つ『船なし』ですから」

龍義軍が華国に船を借りたように、龍貢軍も船が必要となれば借りるしかない。禅譲がうまく進めば、借りるまでもなく相国の船が使えるが今はその段階になく、借りるとなると同盟関係にある凌国からとなるが、大陸の東岸の凌国から船を出しても栄秋到着までは時間がかかりすぎる。栄秋に着く頃には、すべて終わってしまっている可能性もある。

相国側だって、そんな無茶をしてもらおうとは思っていない。ただ、栄秋の防衛にまったく手を貸してくれなさそうな口ぶりに蓮珠としては多少の苛立ちを感じる。

「白龍河対岸での戦闘は、さっき言ったように北の残党を追い込むぐらいで、まあまあ片付いてきたんで、本隊はここらで一旦態勢を立て直すことになりました」

カイ将軍は、適当な筆をとると、机の上に残してあった白紙に『兌』と書いて、皇帝、白鷺宮、元軍師に目配せをした。

「丸投げだな」

大きく頷いて見せてから、翔央が皮肉を口にする。これを受けてカイ将軍が白紙に書いた一字を筆で塗りつぶした。カイ将軍も相国内にまだ龍義軍の手の者が潜んでいると考えているようだ。

「滅相もない。好機と見れば、すぐさま相国と連携して龍義軍をぶっ潰す準備を整えておくってことですよ」

兌は、白龍河を挟んで対岸にある山の民の集落だ。藍玉たちの乾集落より南にあり、西金の件で武装蜂起した坤集落よりは北にある。この位置は相国側で言えば、栄秋のやや北の対岸となる。うまく相国側から対岸に船を出しておけば、好機にはその船で龍貢軍が駆けつけてくれる距離と言える。

「うちの状況はこの辺で。では、そちらの状況を教えていただけますかね？　そのための連絡要員なので」

カイ将軍が口角を上げる。連絡要員だと強調するということは、カイ将軍は現状で、ここで聞いたこちらの状況を龍貢軍本隊に伝える手段を持っているということになる。

「ふん、状況次第では手を引く算段か？　まあ、いい。では、こちらのなかなか厳しい状況を、張折から説明させよう」

翔央が声は平たんに、でも口の右端だけ上げてから、張折を促した。

冬来と魏嗣が周辺を確認し、カイ将軍との内輪の話が始まった。

「明景からの報せでは、船で騎馬隊を運んでいるらしい。馬も積んでいるとなると、予想より兵数が少ないから、龍義がいる本隊じゃない可能性もある」

「いや、龍義軍は騎兵の地位が高いんで、騎兵の部隊のいるところが龍義のいる本隊と見て、間違いないと思いますよ。……なんていうか、龍義は、華王への信仰心が強いんで、自分を含めて地位の高い者以外、華王軍に近づけることもしないんですよ。不敬だとかなんだとかって理由で。それに、華王本人が栄秋に来るって言っているなら、絶対に同行していますって」

張折から船団に龍義本人がいない可能性も考えていると慎重論を聞いたカイ将軍は、それを困った顔で否定した。

龍義に近い人々の間でも、華王への執着に悩んでいる話を高勢からも聞いていたが、側近の配下に潜入していたカイ将軍であっても、それを認識し断言できるとは、どれだけあからさまだったのだろうか。

「……龍義軍って大丈夫ですか？　そんな人が軍を率いているとか」

若干の頭痛を感じつつ蓮珠が問えば、すでに龍義軍潜入は終えて他人事とばかりにカイ将軍が笑い飛ばした。

「いやいや、大丈夫じゃないから、こんな状況になったわけですよ。なにせ、龍義の父親の代では、もう大陸中央を掌握できるのは龍姓で決まりだろうと言われていた。それが、左右二つに分かれちゃうし、本流だったはずの龍義側が劣勢で本拠地を放棄して、実質大陸中央から逃げたわけですから」

蓮珠としては笑えない。龍義の下についている役人の苦労を考えてしまう。同じく官吏側の心情に寄ったのか、張折が身震いしている。

一人他人事の顔をした叡明が、再計算の提案をする。

「たしかに、ね。龍義に人間的な問題がなければ、彼との間で禅譲の交渉もできたかもしれないけど、色々と調べさせた結果、これは無理だなって思ったもの。……では、こちらも本隊であると考えて再計算をするとしよう。おそらく信仰対象の前では恰好つけたがる気質だろうから、出立式そのものでは仕掛けてこないんじゃないかな。そのあたりも考慮して、こっちも出立式の列席者の配置を決めようか。……ねえ、みんなして、なんで震えているの？」

叡明が淡々と栄秋港を中心とした地図を広げる。出立式の列席者というのは、派閥の長たちのことで、彼らもまた本拠に帰る船に乗った状態で出立式に出てもらえるようにお願い済みだ。あとは、その船をどう配置するかが、今の叡明の関心事のようだ。

「叡明は誰かの下に就いた経験がないから、余計に響かないいんだろうな」

武官として誰かの下に就いた経験がある翔央も『自分の上に龍義が立ったら』を想像したらしい。

この落差もカイ将軍にとっては他人事だ。船の配置決めを始めた翔央たちから、少し離れて控えていた蓮珠に声をかけてきた。

「そうそう、皇后陛下にお知らせがございました。少々よろしいですか？」

「もちろんですとも」

蓮珠は魏嗣に目配せして、カイ将軍にも椅子を用意してもらった。小ぶりな机を挟んで椅子に腰を下ろしたカイ将軍は、先ほどまでとは違う口調で、威皇后のための情報を蓮珠に教えてくれた。

「真偽のほどは確かじゃないんですが、龍義は、威皇后を狙うためだけの特別な部隊を、相国に入れたみたいです」

これには、叡明と船の配置を決めていたはずの翔央が振り返る。

「郭家でなく、威皇后、ですか？……相国を手に入れても龍貢殿との覇権争いは続くと見て、威国との繋がりを作ろうという魂胆があるとか？」

翔央が眉を寄せる。威皇后を捕らえれば、威国との交渉のキッカケを得られる。相国を手に入れて、龍貢と全面対決となっても、後ろ盾となる大国はお互いに一国ずつ。凌国と威国の繋がりを考えれば、多少の無茶をしても威国を自分側につけたいところだろう。翔央の考えに蓮珠も納得したところで、またもカイ将軍の口調が軽くなる。

「いやいや、これがまた龍義がちっとも大丈夫じゃないって話に繋がるんですが、ごく私的な理由で、威皇后を捕まえたいだけらしいですよ」

「…………………え？　個人的な理由で、ですか？」

蓮珠の漏らした確認に、皇帝執務室内にいくつか同じような声が重なる。

「う〜ん、まだまだ皆さん幻想の龍義を相手に戦おうとしていますね。あの手の輩（やから）は、まともに相対してはダメですよ。……俺が袁幾の側近として、龍義軍側に居た頃から聞いていた話です。龍義は威皇后に強い執着を抱いているって、ね」

これは、威皇后の身代わりでなくても身震いするような話だ。

「まあ、捕まえてどうしたいのかはわからないんで、皇帝陛下が言うような魂胆が本当にないのかどうかは断言できませんけど、根底にあるのは個人的執着のほうだから、ちょっと厄介（やっかい）なことになるかもしれないと思って、お知らせまで」

それは『ちょっと厄介』では終わらない話なのでは？

「ありがとうございます」

若干頬を引きつらせつつも、蓮珠はカイ将軍に感謝する。龍義が威皇后を狙って送った特別部隊がいる。それも個人的な執着から。これを知っているのといないのとでは、ここから先の行動が大きく変わるからだ。

翔央が言うような威国との繋がりを前提にしているなら、特別部隊は威皇后を捕らえると同時に生かしておくはずだ。だが、個人的執着となると捕らえた後の処遇は不透明になる。

威皇后本人は、これをどう感じているのだろうか。そう思って冬来を見れば、実に楽しそうな顔をしていた。

「個人的執着ですか……、それは好都合です。いざとなれば、龍義本人はわたくしが討ち取ります。執着しているなら、その特別部隊は、わたくしを捕らえたのちは、必ず本人の前に連れて行くはずですから」

戦いの中を生きてきた人は、やる気に、いや、殺る気に満ち溢れていらした。

「なにより、執着というものは、その対象が何であれ、軍の指揮官として最重要である冷静さを失わせるものです。あちらから向かってきてくれるのであれば、率いている軍勢ごと潰してみせましょう。まともな指揮官を失った軍勢がいかに脆いものかも、併せて証明してみせますよ」

龍義を討ち取るだけでなく、その先には龍義軍を潰すことまでお考えのようだ。

「ちょっと待ってください。それでは、冬来殿自ら龍義軍を引きつけると言っている気がします」

思わず威皇后でなく、蓮珠として声を上げていた。本物の威皇后は、どこまでもいつもどおりだ。

「そのとおりですよ」

少しの動揺もなく、先ほど少し見せていた楽しそうな微笑みは、奥にある感情を覆い隠す穏やかな表情に消える。これは、本気で龍義と龍義軍を一人でどうにかしてしまおうと考えている顔に思える。

「その通りじゃダメなんですよ、冬来殿……いえ、威皇后様。わたしという身代わりがいるのに、本物の皇后であるあなたが囮になってどうするんですか？」

もちろん蓮珠だって、自分が身代わりとして期待されているのが、主に城内用というか妃としての側面であることは十分わかっている。戦場での活躍など期待されていない。それでも、冬来が威皇后として戦場で活躍するというのは違う話だ。

「蓮珠の言うとおりだ。却下です」

翔央が本格的に船の配置決めを放棄して、蓮珠の援護に回る。それさえも冬来は優雅な笑みではねのける。

「栄秋の民のために、囮になろうとしている皇家の方がなにをおっしゃいますか」

この内側からこぼれる優雅さと他者を抑え込む強い圧。どれだけ戦場に身を置こうと、この人は間違いなく、上に立つ者として生まれ育った人だ。身代わりでありながら自分にはない面を見るたびに、まだ足りないという焦燥感に襲われる。

そんな蓮珠に意外な援護が入った。

「僕も冬来を囮にするつもりはない。だが、東側経路を進む以上、どこかでその龍義の特別部隊に遭遇する可能性はある。冬来はもちろん、陶蓮も覚悟しておくべきだ」

叡明が言えば、冬来も一歩引いた。

「僕らは逃げる側でもあるが、逃がす側でもある。この場の誰もが、栄秋の民のために、囮になる。そこに本物も身代わりもない。翔央も、だよ。いいね？」

目的を見誤るなということだ。ここから先、行動のすべては『栄秋の民を逃がすため』にあるのであって、身代わりが本物を逃がすためにあるのではない。

「わかった」

短く答えた翔央だったが、まだ納得いっていない表情をしていた。

「時間がない。この話はここまで。……カイ将軍、白龍河で龍義軍が取りそうな動きについて話を聞かせてもらいたいが、いいだろうか？」

快諾したカイ将軍が離れていくのを見送り、蓮珠は冬来に謝罪した。

「出過ぎたことを中しました」

「いえ。わたくしも少々前に出過ぎたと反省しております。……これは、蓮珠殿だから言うことですが、龍義殿の執着はさっさとふり払っておきたくて」

珍しくも冬来の表情に影が差す。

蓮珠は、一瞬の間の後、大きく頷いた。政治とか軍略とか、そういうのは横に置いておいて、龍義に対して、どうしようもないくらいの嫌悪を感じるのだろう。それは、蓮珠も同じだ。

「お任せください。ふり払う以前に、『威皇后』に触れさせないようにします！」

どの種の執着であれ、龍義が威皇后に触れたなどということがないように、全力で逃げることを誓った。

「それは、頼もしい限りです」

この国で頼もしい人物上位に名があるだろう冬来から『頼もしい』と言ってもらえるとは、嬉しくもあり、身が引きしまる気持ちにもなる。己の宣言を守らなかった日には、あとが大変怖い気がするから。

出立式での船の配置が決まると、張折はすぐに各派閥の長に要請書を記して送る。今日できることは、そこまでだった。

時刻はすでに夕刻。明日に備えて早めに皇帝執務室を辞した蓮珠を翔央が呼び止めた。

「蓮珠、ちょっといいか？」

翔央を振り返り、蓮珠は首を傾げた。

「はい？　もしや、なにかございましたか？」

本日、威皇后は皇帝と同じ金烏宮で就寝することになっていた。すでに後宮は管理側の太監もほぼいない状態であるため、玉兎宮の警備もままならない。そこで、威皇后の相国最後の夜は最低限の警備要員を置いてある金烏宮で過ごすことになったのだ。

だから、翔央とは、まだこのあとも金烏宮で話す時間がある。にもかかわらず声を掛けられたので、なにか緊急の連絡事項が生じたのかと思ったのだ。

「いや、そういうわけではないんだが、いまのうちに言っておきたいことがあって」

翔央は視線で、威皇后お付きの紅玉と魏嗣に『お前たちも聞いておくように』と釘（くぎ）を刺してから、蓮珠に問いかけた。

「蓮珠。さっき叡明が、俺たち全員が『栄秋の民を逃がすための囮』だと言ったが、おまえまで、その囮になろうとしてないよな？　頼むから、おまえは全力・全速力で威国を目指してくれよ。龍義も華王も、こちらで引き受けるから。いいな？」

たしかに蓮珠では、まともに龍義や華王の相手をするのは厳しい。本物の威皇后である冬来と違って、彼らの周辺を固める武力に抗う術がない。完全な戦力外だ。

「わかりました、周辺気を付けるようにします」

冬来にも宣言したが、ふり払う前に捕まらないことが最善だ。

「……これは、近づけさせなければいいという話じゃないんだ。現状、おまえが威皇后なのだから、あちらが直接狙ってくるのは、冬来殿でなく、おまえだ。放っておいても、勝手にあちらから近づいてくる。だから、周囲を警戒するだけじゃ足りない」

翔央は、眉を寄せた顔を蓮珠に近づけると、子どもを諭すように話す。

「通常であれば、おまえの考えは悪いわけじゃない。だが、今回ばかりは相手が悪い。圧倒的に不利で、手持ちの駒は一兵でも多いほうがいいこの状況であっても、龍義は軍略でなく私的な執着のために『威皇后』を捕まえる特別部隊を出した。……正直、俺には理解しがたい」

翔央は元武官だ。自身の隊を率いてもいたが、誰かの指揮下での戦いも経験している。

そのため彼の中には、軍略上の定石が構築されているのだ。その定石が、全く通じないのが龍義という人物である。軍を率いる将がそれでは、龍義軍自体もどう動くのかが予測しにくい。

「そういう人間のやることは常軌を逸していて、こちらが『さすがにコレはやらないだろう』と思うことも平気でやってくる。さらに困ったことに、龍義という人物は、これまでの戦い方を聞く限りでは天才型の将ですらない。軍事行動の優先事項が、戦いを勝つことにない可能性が高い」

聞くほどに危険度が高すぎる。

「だから、周辺に気をつけるくらいじゃ足りない。少しぐらい大丈夫だなんて思って、相手の間合いに踏み込むなよ」

「……翔央様。そもそもわたしには、その『間合い』がわかりません」

蓮珠は威皇后の身代わりだが、武人の要素は最初から持ち合わせていない。ここにいる翔央、紅玉、魏嗣は感覚として間合いを計れるのかもしれないが、蓮珠には無理な話だ。護身術の師である冬来から習ってきたのは、相手が襲ってきたときの対処法で、近接しなければ発動しない。今回のように距離を取らなければならない時のことは想定していないのだ。

「…………紅玉、魏嗣。頼むぞ」

しばしの沈黙のあと、翔央が蓮珠の左右に控える二人にすべてを託す。

「御意」

紅玉と魏嗣の声が重なる。それを確認してから、翔央は皇帝執務室の中へと戻っていった。その背を見送る蓮珠は、彼を安心させられない自分の不甲斐(ふがい)なさにため息をつく。城外での身代わりは、冬来が動きやすさを確保するためには意味がある。だが、蓮珠が身代わりとして当初求められたもの、官吏としての知識や経験、威国語ができること、それらは何一つ役に立たない。出立式の裏側に広がる戦場では、戦力外どころか、紅玉と魏嗣という護衛を兼ねたお付きを二人も付けてもらっている足手まといだ。

「翔央様は、あのようにおっしゃられましたが、龍義は威皇后様と面識があります。執着の激しい方のようですから、わたしなどでは通じない可能性も高いです。ですから、威国へ向かう道中で、もし万が一にも威皇后様が龍義と特別部隊に囲まれたなら、どうか守るべき方をお守りしてくださいね」

囮としての役には立てずとも、身代わりとして守るべき人を守れるようでありたい。北へと向かう自分たちが優先すべきは、威皇后が無事に威国にお帰りになることだ。龍義という不測の事態を引き起こす存在が現れたとしても、優先事項は間違えてはいけない。蓮珠は、出立式の成功を祈るとともに、己のすべきことを胸に刻み込んだ。

第四章

小暑・末候の五日目・朝

出立式の朝。紅玉と玉香が、前回以上に気合を入れて、蓮珠の皇后姿を整えてくれた。文化一級国と言われる華国の王の前に出るのだ、隙があってはいけないとのことで、早朝から念入りに身支度を整えていたので、すでに疲れ気味だ。

「お気をつけて。……どうか、ご無事で」

玉香が、見送りの場で跪礼した。再出立の北へ向かう一行に、彼女は入れなかった。危険度が、前回とは比べ物にならないほど上がってしまったので、戦力にならない彼女は栄秋で別れることになったのだ。

蓮珠は蓋頭の下の疲れ顔を引き締めると、威皇后として、最後まで仕えてくれた女官を労う。その時に、少し屈んで顔を寄せた蓮珠は、玉香に再会の約束を囁いた。

「范言殿と楚秋へ向かわれるそうですね。いつか、あちらでお会いしましょう」

実現する日は遠いだろうが、無事に威国から帰ったなら、必ず楚秋へ行きたい。そんな先々の希望を考えることで活力を得て、蓮珠は皇帝執務室へ向かった。

室内には、すでに皇帝の衣装に整えた翔央、白鷺宮姿の叡明に加え、普段とは違ってビシッと紫衣をまとった張折もいた。それだけそろっていても、皆、無言だ。この場の全員が、ただ一つの報せだけを待っていて、その緊張感が室内を満たしていた。

「西堺より報せです。華国船団の通過を確認、明景の報せを受けて、こちらから伝えていた船団規模、船種で変更なしとのことです！」

待っていた報せが皇帝執務室に届いた時、待っていた分、蓮珠は肩の力が抜けた。

「よし。では、我々も動くぞ。各派閥にも連絡。予定の配置で船を出してもらおう」

翔央の号令で宮城内が、ただちに出立式へと動き出す。この瞬間まで栄秋港そのものは出立式の会場となる準備をしていない。ここから一気に栄秋の街を出て、人々が港へと向かうことになる。西堺を越えれば、栄秋まで大きな港はない。こちらの用意した出立式に対応するのは難しい。それを狙ってのことだ。

「許家の皆様、本日はよろしくお願いいたします」

改めての出立に、馬車に乗りこむ直前、蓮珠は許家の人々に言葉を掛けた。前回同様に元許妃の許藍華（らんか）が蓮珠の手を取る。

今度こそ、威皇后として藍華と言葉を交わす最後になる。蓮珠は、自分の手を乗せる藍華の手を軽く握った。

「栄秋を、どうかよろしくお願いします」

「お言葉、たしかに承りました」

藍華の手が握り返してから離れる。別れの時だ、その自覚を胸に蓮珠はそのまま馬車に乗り込んだ。少し蒸し暑い夏の馬車内で蓋頭を上げると、先に乗り込んでいた翔央が、蓮珠の頬をひと撫でする。

「いまから緊張して顔をこわばらせてどうする？　今度こそは、ただの郭翔央と陶蓮珠に戻る前の最後の大仕事だ。皇帝夫婦は、ここにありと、せいぜい派手に見せつけよう。龍義側の目をこれでもかというほど引きつけてこその『身代わり』だろう？」

そう言う翔央は、ずいぶんと余裕ある表情をしていた。

「主上、まずは白瑶長公主様をお迎えに上皇宮へ行くんですよ。本日の主役はあくまで白瑶長公主様です。……すなわち、妹の門出です。これに緊張しない姉がいましょうか」

半分本気で半分は誤魔化しだ。栄秋に何事もないまますべてが終わり、龍義が離れていくことも強く願っている。同時に、『姉』として、翠玉には何事もなく出立式を終え、憂いなく凌国へ旅立ってほしい。

後者に関しては、もう一つ問題がある、蓮珠の中の『姉』が暴走しないように抑えねばならない。万が一にも号泣して化粧が落ちたりしたら、紅玉にどれほど説教されることになるか、想像もしたくない。

「なるほど、そっちか。うむ、蓮珠の言うとおりだ。俺も兄として緊張してきたぞ」

からかわれているかと思えば、余裕あるように見えた翔央の表情に、わずかな翳りを感じた。

「……翔央様、本当に緊張されていますね？　どうされました？」

　蓮珠の指摘に、一旦は視線から逃げるように顔をそむけた翔央だったが、蓮珠の視線の強さに耐えかねて、ため息とともに本音を吐き出した。

「蓮珠には隠せないか。……正直、父上と一緒に凌国まで、というのに、気が重い」

　翔央と……というより、双子と先帝との関係は微妙だ。双子の母妃である朱皇太后を寵愛していた先帝は、その喪失に耐えられず、後宮を放置していた時期があった。

　この時期に、後宮を取り仕切っていたのは先々代の皇帝の皇后だった呉太皇太后で、彼女は自身の親戚筋である妃が産んだ第二皇子の英芳を次期皇帝に推し、母妃の身分が低かった秀敬と華国の血が入った双子を、徹底して冷遇したのだ。これにより、秀敬は自ら皇位継承を放棄するに至り、叡明は引きこもりの歴史学者に、翔央は政に背を向け武官の道へ進むことになった。華国からの新たな妃として小紅が輿入れする二年ほど前に、呉太皇太后が崩御されたことで、先帝がようやく放置していた後宮に目を向けた時には、すでに、蟠桃公主も含めた郭兄弟と、父帝との間には深い溝が刻まれていた。もっとも、叡明は翠玉の存在を知ったことで、ほかの兄弟とは少し違った形で父帝とこじれたそうだ。呉太皇太后の仕切る皇城に翠玉を迎えるのは危険だという点では一致した二人だったが、せめて栄秋に置いておきたい父帝と、それでは呉太皇太后に気づかれる可能性があるから地方に逃がすべきだと考えていた叡明とで、かなりの衝突があったらしい。最近になって、当時の『叡明の父帝嫌い』の理由を知った翔央は、より父帝への想いを複雑にし、同時に自身の片割れからなにも知らされなかったことにも複雑な思いを抱えることになった。翔央は、決して叡明の判断が間違っていたとは思っていない。呉太皇太后に、翠玉の存在を知られるわけにいかなかったから、その存在を知る者を最低限に絞ったのだと、十分に理解している。ただ、理屈を超えた部分で納得できていないだけだ。

「……正直ですね」

翔央が口に出さないだけで、一緒で気が重いのは『父上』だけではないことに、蓮珠は気づいていた。だが、それをそのまま指摘することはしなかった。それでも、蓮珠が『正直』に込めたものには、多少心当たりがあるのだろう。

「いや、もう誰に言えることでもないから、ここで蓮珠に言っておこうかと思って、な。良くも悪くも別行動になる。北へ向かうおまえにになら、気まずさを抱えて同じ船に乗っている顔を見られるわけじゃないから……」

直接的ではないが、気の重さを感じる相手を先ほどのようには限定しなかった。

どうせ『言っておこうと思う』なら、全部吐き出してしまえばいいのに。蓮珠は、軽い口調を作って促してみた。

「叡明様も、今頃は冬来殿に愚痴っていらっしゃるんですかね？」

翔央は苦笑いを浮かべてから、視線を自身の手元に落とした。

「……それがいい。いや、そうであってほしい。叡明は理屈ばかりを口にして、感情的なことを飲みこむから。冬来殿に吐き出せるなら吐き出したほうがいい。叡明もしばらく別行動になるから」

そこまで言って、翔央は視線を蓮珠のほうに戻した。

「凌国での皇帝としての最後の義務を果たしたら、すぐに威国に向かうと言ったのを覚えているか？」

問われて、即答する。

「はい、前回の出立の際におっしゃっていた件ですね」

色々な出来事が起こりすぎて、だいぶ前のことのような気もするが、わずか二日前の話だ。

「俺が蓮珠にすぐ会いたいのは、当たり前として……」

そこ、当たり前ですか。言いたくなるのを堪えて、蓮珠は翔央の言葉に耳を傾けた。

「俺が威国に向かう時に、叡明も一緒に連れて行こうと思っているんだ。……叡明を冬来殿のもとに送り届けたくて」

翔央の叡明への想いを微笑ましく感じる一方で、蓮珠は少し引っ掛かる。翔央が動かずとも、あの二人なら自身で時機を計って会いそうなものだが。

「早いほうがいいんだ。威国に戻れば、義姉上(あねうえ)は再び『白公主(はくこうしゅ)』になる。その処遇は、威首長に委ねられ、もしかすると、国内のどこかの部族に嫁がされる可能性もあるから」

「そんなことって、あるんですか？」

驚く蓮珠に、翔央が続ける。

「あの国は、そもそも太子を各部族の長に、公主をその妃として嫁がせることで、首長の部族と支配下の部族との結びつきを強めている。公主は、国内に強固な繋がりを作るために必要な存在だ。強さがすべての基準となる威国でも、白公主は突出した武人として知られている。強い妃を得ることは自身の部族を強くすることであり、ひいては国内での地位を上げるという考えがあるそうだ。だから、他国からの出戻りであっても、白公主を妃に欲しがる部族は多いらしい」

高大民族は基本的に『二夫に見(まみ)えず』という考え方がある。高貴な女性は、夫と死別しても別の男性と再婚しないというものだ。これは、死別して実家に戻された場合の話だが、国内最高位の皇妃たちとなると離縁して実家に戻った場合も同じように再婚はありえないとされている。市井の人であれば、元夫とは縁がなかったが良縁に恵まれてという話になるが、皇妃の場合は、皇帝より良縁はないという話になるからだ。

　そんな高大民族の文化で育った蓮珠ではあるが、『強ければ』というあたりが、ある意味威国らしくて納得しなくもない。

「お詳しいですね。叡明様から？」

　文化や歴史の話だけは饒舌（じょうぜつ）になる叡明が話の出所かと思えば、同じ特性を持つ人物がもう一人いた。

「いや。威皇后が出戻りになると決まったのを知った張婉儀（ちょうえんぎ）から、長い長い手紙が届いたんだ。要約すると、ほかの部族の妃にされる前に迎えに行くべきだ、という内容だ」

　張婉儀は政治的意図からの婚姻がほとんどの皇妃の中にあって、皇帝への恋情から叡明の後宮に入った女性だ。その恋情のキッカケが、歴史好きを隠すことなく話し合える相手だったからというものだと聞いている。その張婉儀の恋情は、相手の幸せを願う系統のもので、皇帝と皇后はお似合いという想いから、二人の別離に彼女が耐えられず、そのような手紙を送ってきたのだという。

「叡明様は、そのことをご存じなのですか？」

　翔央が視線を伏せる。

「もちろん、知っているはずだ。……でも、後宮を解散し、威皇后も威国に戻るのが、叡明の中で計算上の最善手だから、自分がどうしたいとかは口にしない」

国内最高峰の頭脳を持つ叡明は、自身の感情より自身の頭脳があらゆる状況を計算して出した結論を優先する人だ。

「……時間をおいて、『元相国皇帝』から『ただの郭叡明』に周囲の認識が落ち着いてしまってからでは、威国の白公主を再び娶るのは無理だ。けど、あの二人は引き離さないほうがいいと思う。それが二人のためになると、俺は確信している。最高の賢人と最強の武人だからこそ、あの二人にはお互いしか対等になる相手がいないのだから」

まさに『皇帝より良縁はない』という話だ。

「だから、今日の出立式を乗り越え、さっさと国譲りの手続きを終わらせたい。龍義や華王の船団にまとわりつかれながら凌国へ向かう俺たちと、特別部隊をふり払って北に向かう蓮珠たちでは、さっとそちらのほうが早い。義姉上が威国入りしてからの時間が短ければ短いほど、可能性はある……と思う」

翔央が再び表情を引き締めた。

「だから、まずは出立式だ。なんとしても、龍義を栄秋に入れるものか」

「はい。……だから、龍義にとって用のある皇帝と皇后は、ここにいるぞと見せつけるんですよね？」

蓮珠は、翔央が膝の上に置いた手に、自身の手を重ねた。

「そうだ。飛び切り派手に皇帝皇后として振る舞って、奴の視線を引きつけてやろう」

そう言った翔央は、もう皇帝の威厳と余裕に満ちた表情を作っていた。

「主上の御心のままに」

蓮珠もまた、皇后の優雅な笑みで応じた。

上皇宮で馬車を降りた蓮珠に、夏の朝の陽光に煌（きら）びやかな光を返す白錦の花嫁衣装が駆け寄ってきた。長公主の嫁入りということで、花嫁衣装も国の色の白、衣装に施された大輪の花々の刺繍（ししゅう）は白金の糸を使っている。

「おねえ……様！」

ぎりぎり耐えた。蓮珠は、抱き着いてきた翠玉の背を撫でて褒める。

「おきれいな花嫁姿ではないですか。お姿を間近に拝見させていただいただけでも嬉しくて、涙が出そうです」

馬車を降りたので蓋頭で顔を隠したが、本当はもう涙が出ている。

「まずは、お二人に見送っていただけることに感謝を。ありがとうございます」

凌国の王太子である曹真永（そうしんえい）が挨拶に出てきた。こちらは凌国の国色の青を基調とした花婿の衣装だ。翠玉も真永も本日の主役らしさが出ている。出立を直前に上皇宮の院子（中庭）に並べられた輿入れの道具を運ぶ馬車も港までの翠玉が乗っていく花轎の装飾も優雅さと上品さが感じられ、迎える凌国側に若い花嫁であっても落ち着いた印象を与えられるよう配慮が感じられる。これには、さすがの蓮珠としても華王に感謝せざるを得ない。思えば、華王は、妹（朱皇太后）・遠縁の娘（明賢の生母の小紅）・姪（翠玉）と花嫁を送り出すのが三度目だ。準備にも慣れていらっしゃるのかもしれない。

「では、こちらはまず謝罪だな。……慌ただしい上に策略に満ちた見送りになってしまったことを大変申し訳なく思っている」

翔央が自ら一歩真永に歩み寄り、送り出す側として謝罪する。

「さらに早速で悪いのだが、その策について話しておきたい。いいだろうか？」

叡明が真永を促すと、彼はにこりと笑って応じる。

「はい、もちろんです。……少し離れますね」

真永が翔央たちと少し離れた四阿に移動すると、この瞬間を待っていたと、翠玉が勢いよく蓮珠に尋ねてきた。

「威皇后様が北に向かわれる予定は変わらないのですか？」

勢いに押されて、無言でこくこく頷くと、翠玉が蓮珠に詰め寄った。

「ですが、龍義と申す者は威皇后様に並みならぬ執着を見せ、捕えようと兵をすでに相国内に入れていると伺いました」

言っていることこそ、皇后と長公主の体裁をとっているが、見た目に陶姉妹の頃の距離感に戻ってしまっている。いや、皇后と長公主は、確かに義姉妹ではあるのだが。

「どこからそんな……」

つい、素の蓮珠の声が出て、言葉を止める。

「すい……白瑶長公主様、そのようなお話をどちらから？」

不安そうな翠玉を蓮珠として慰めそうになりながらも、すぐに少し声を大きくして言い直し、周囲には威皇后の言葉のほうを印象付けるようにした。

「侍女たちが話しているのを耳にしました」

翠玉の答えに、蓮珠は蓋頭の下で眉を寄せた。

「そうですか、侍女たちが……。それも、『すでに相国内に』と」

これは良くない。上皇宮のほうが、情報が先に入っている、もしくは、龍義軍の情報を流している者がいる。後者は、もしかすると龍義軍の手の者か、その者に情報を吹き込まれる位置にいる者という可能性がある。

長公主の輿入れ、および同行する先帝の出立を終えれば、住む者のいなくなる上皇宮は閉じられる。上皇宮には、先帝の皇妃の内、皇子・公主を産んだ方々も住んでいらしたが後宮解体とほぼ同時にご実家に戻られた。伴って、上皇宮全体で使用人を減らしていたはずだ。それだけ人を絞った状態の上皇宮に龍義側の人間がいるかもしれない。それも、翠玉の耳に声が届く位置に……。

「威皇后様も、ご一緒に淩国へ参りましょう。淩国は威国とも繋がりがあります。淩国を経由して威国に向かわれれば……」

翠玉に言われて、蓮珠は判断に迷った。このまま、翠玉を淩国へ行かせていいのだろうか。彼女の近くに、龍義側の者、あるいはそれに通じる者がいるとしたら、郭家の者としての翠玉が狙われるのではないだろうか。いくら、真永が近くに居ても、今この瞬間のように、目の届かない場所にいることもある。

逡巡(しゅんじゅん)する蓮珠に、思わぬ方向から救いの声がかかる。

「白瑶長公主様、それは難しいです」

冬来だった。皇后と長公主の対話に横から入るわけにもいかず、こちらを気にしながらも控えていた紅玉、魏嗣とは異なり、彼女は皇后の護衛として堂々と会話に入って来てくれた。

「冬来殿……」

　蓮珠の声に、あからさまな安堵の色が混じる。それに微笑んでから、冬来は表情を引き締めた。

「威皇后様と便宜上お呼びしておりますが、実態としては、すでに皇后位を辞しておられます。郭家の一員どころか、相国民でもないのです。まず、凌国への入国が許されません。次に狙われている件ですが、むしろ好都合です。龍義殿が威皇后に執着するのであれば、白龍河を下る船には目もくれず、北へ向かう一行を追ってくるでしょう。ですが、華王の興味は北にはありません。龍義から後ろ盾を引きはがし、連合軍を分断すれば、好機を狙っている龍貢軍も動きやすくなるでしょう。これで、我々は確実に勝てます」

　正直言えば、蓮珠は龍義には追ってきてほしくない。だからといって、凌国へ向かう船を追って行って、なにか事を起こされても困る。間を取って、白龍河で船が沈みかけて、対岸に上がったところを、龍貢軍に囲まれてでもくれないだろうか。

「龍義軍と華国軍を南北に分断することは、とても大切です。長公主様は、どうか北上する存在を忘れ、幸せな花嫁として凌国に向かってください。……それが、なによりも威皇后様の命を保証するのです」

　冬来の考える戦いにおける動き方で、翠玉に反論できるはずがなく、彼女の勢いが引く。そこに折よく、話を終えた真永が戻ってきた。

「皇后様、我が妃をお借りしてもよろしいですか？　船上での出立式となるので、その打ち合わせをしておきたいのです」

もちろん、蓮珠は快諾する。真永が翠玉と一緒に居てくれるなら安心だ。できれば、侍女の中に紛れ込んでいるかもしれない龍義側の者から思い切り遠ざけてほしい。

「冬来殿、どうか義姉様（ねえさま）をよろしくお願いします。そして、あなたも無事に威国へ戻られますことを祈っております」

翠玉は冬来の手を握ると、そう強く訴えてから、真永とともにこの場を離れた。

「冬来殿、ありがとうございました」

「いえ。……あなたもお気づきのようだったので、急ぎ動くべきだと判断しました。紅玉殿、先ほどの件、主上にお伝えいただけますか。上皇宮から凌国へ向かう人員を再選定、もしくはさらに絞り込んでいただかねばなりません。それから、魏嗣殿、改めて真永様にも話を。翠玉様が話していない可能性もありますから、念のため」

冬来が指示を出し、紅玉と魏嗣がそれぞれに離れる。それを見送ってから、蓮珠は小さな声で冬来に釘を刺す。

「冬来殿、自身を龍義を引きつける囮にするような発言は、どうかと思われます」

だが、冬来は冬来だった。晴れやかな笑みを返してくる。

「囮になったところで問題はありません。あなたに傷一つつけさせませんから」

危うく「そうですよね」と安堵しかけて、ハッとする。

「駄目です、駄目です。囮は危険すぎます！　特別部隊とやらに囲まれて、御身になにかあってからでは遅いです」

「それこそ、御心配に及びません。この命を投げ出すようなことは決していたしませんので。わたくしは、叡明様との約束が果たされるまでは、必ず生き延びる予定ですから」

他の人が言ったのなら、たいした自信家だと失笑を買うようなことも、この人に限っては、ここまでのことを言っていても、さすが頼もしいと称賛されることになる。

「さあ、威皇后様。今のうちに、我々も出立式の打ち合わせをしておきましょう。大丈夫です。現場の采配は主上が整えてくださっていますから」

この場合の主上は、叡明のことだろう。叡明が采配するなら、よほどのことがない限りは安心だ。本当に二人は最高の賢人と最強の武人であり、お互いにとって相手こそが信頼に値する唯一の人物なのかもしれない。

ただ、それでもこれからの出立式への不安が拭えないのは、二人のせいじゃない。すべては、龍義という人物への不安なのだ。

冬来と二人で始めた出立式の打ち合わせで、最も重要なのは、どの時点で出立式を行なっている船上を辞して、北に向けて出発するかにあった。

「出立式の主役は花嫁です。『皇帝夫妻』は最初に送り出しのお言葉を掛けられた後は、後ろに下がられます。しばらくすれば、人々の視線も意識も前に出ている方々に集中していくはずです。その時機を見て、北へ向かう船に移動するため一旦下船します」

冬来手書きと思われる出立式進行表を確認しながら話は進められた。

「なるほど、そこが一番狙われやすく危ないわけですね」

蓮珠が頷くと、冬来は嬉しそうに応じる。

「はい、そのとおりです。感覚が養われたようですね、大変良いことです。では、その時点での注意は不要と思われますのでその後のことを。北に向かう船に乗ったあとは、周囲にもわかりやすい形で北上します。あちらは、華国水軍所有の海用の船です。栄秋港より北の白龍河は水深が浅くなっていきますから、追ってくるにしても船底を擦りながらでは全速力は出せないでしょう。こちらは河川用の船で余裕をもって西金の波止場に到着し、用意させてある馬車に乗り換えて、陸路を一気に上がります。国境近くまで行けば、追いつかれても威国の国境で陣を敷いている威国軍の救援を得られるはずです」

冬来の口から『威国軍の救援』の言葉を得て、蓮珠は不安が少し和らぐ。

「そうですね。威公主様がいらっしゃるんです。大変心強いです」

「ええ。ここ一年ほどで、頼もしい武人に成長されました。心強いことです」

威公主が聞いたら、さぞかし大喜びするだろうお言葉だ。

冬来には珍しく『姉の顔』をしている。

「その……、先ほどはありがとうございました」

若干、声を小さくして、蓮珠は礼を口にした。

「いいえ、前置きなしで口出しなどして、大変申し訳ない。しかも、紅玉殿と魏嗣殿に使いを命じる立場にないというのに。あれは良くなかったですね」

苦笑いする冬来に蓮珠は首をぶんぶん横に振った。

「その件は、冬来殿が正しいです。まったく問題ありません。今のは、その……白瑶長公主、いえ……翠玉のことです。わたしの中に多少の迷いもありましたが、わたしは北に向かわないわけにはいきません。ただ、そうなると、今回も説得が長くなる可能性は高かったので、冬来殿に間に入っていただいて、よかったです」

龍義の件が一旦片付いていた前回の出立でさえ、翠玉は蓮珠を凌国に連れて行こうとして、かなり粘った。今回は、すでに危険であることがわかっている。冬来という、絶対的安心感につながる存在があって、ようやく引いてくれた。

「本当に姉妹仲がよろしいですね。……わたくしでは、わからない部分なので、先ほどのような場合でもどうすることが正しいのか迷います」

冬来には珍しく、歯切れの悪い口調で、威国の姉妹公主というものについて語ってくれた。

「姉妹仲が良いというのが、わたくしには理解できないのです。威国では公主は母親の部族の下で育てられるのが通常です。ですが、首長に侍る妃は、次期首長となる男児か次期族長となる男児を産むことがすべてで、そもそも公主誕生は望まれていません。また、部族内での首長の血を引く兄弟間争いを避けるために、男児が生まれれば、妃は首長の閨には呼ばれなくなる。この『閨に呼ばれなくなること』が、威国の妃にとっては己の役目を全うした証だという考え方があるのです。だから、同じ妃から兄弟は生まれない。でも、同じ妃から姉妹が生まれることはなくはないことです。……女児誕生が続くことは、母妃にとって、己の役目を果たせていないという悲劇に等しい。また、この母妃からも疎まれる二人目の女児は、忌避すべき存在として、どの部族も手元での養育をしたがりません。したがって、姉妹公主は一緒に育つということがない。当然、仲がいいも悪いもなく、他人となんら変わりない関係なのです」

威国の後宮について、蓮珠も少しだけ聞いている。

威国十八部族は、首長部族への従属の証明として、部族の娘を妃として首長に差し出している。首長の部族だけは三人妃を出すことになっており、後宮には二十人の妃がいる。冬来が言ったように、二十人の妃は、男児を産めば、首長に侍ることがなくなる。以後は、次期首長、あるいは次期族長となる予定の男児の養育に励むのだと。故に首長の男児は個々に研鑽（けんさん）を磨く、次期首長の座を争う仲でしかない。

そこまでは聞いていたが、公主の場合は、少しでも早く次の子どもを妊娠するために母妃はまったくかかわらない。出身部族の者に任せきりになること、さらには二人目の公主は出身部族の者も養育放棄するものだというのまでは聞いていなかった。冬来が……白公主が母妃から遠ざけられ、見かねた正妃が引き取って養育し、最強の武人となった話は特殊な例だと思っていた。

「そのような育ちですので、幼い頃からともに育ち、兄姉弟妹間で活発な交流があるというのが、感覚としてよくわからないのです。どこまで、お二人の会話に立ち入っていいのかもわからず、多少躊躇（ちゅうちょ）します」

常に戦場における直感を応用して、場における最善を選択しているような冬来でも躊躇することはあるようだ。

「わたしのほうが立ち入ったことをお聞きしますが、冬来殿にとって威公主様は『妹』ではないのですか？」

蓮珠の目には、二人の仲は悪くないように見える。特に、威公主は『白姉様』と慕っている。そこに姉妹の感覚はないのだろうか。

「感覚としては、黒正妃という恩人に託されて、武術を教えている生徒ですので、威公主とは姉妹でなく師弟でしょうか」

姉妹でなく師弟。以前、威公主と猪鍋を食べた時に、彼女も同じように冬来との関係を師弟だと言っていたのを思い出す。そうなると、先ほど見た顔も『姉』でなく、『師』の顔ということか。そういう風にも見えなくもないが、本人からハッキリと言われると、冬来と威公主の距離感に少し寂しい気持ちになる。いや、威国的には師弟関係のほうが、距離感が近い認識なのだろうか。蓮珠には、ちょっと判断がつかない話だった。

「叡明様と翔央様を見ていると血縁が持つ『兄弟の情』の強さを感じます。ですが、あなた方の場合、血縁はない、それでも『姉妹の情』を強く感じさせます。羨ましいとは違いますね。なんというか、お二人を見ていると微笑ましく、心地よいのです」

冬来に言われて、蓮珠は蓋頭の下で頬を熱くした。姉妹仲の良さは、ずっと周囲に言われてきたし、冬来からも何度か言われてきた。ただ、ここまでまっすぐな言葉で評されることはあまりないことだ。

「……そこで、これは、ひとつの提案ですが、貴女は『妹』と凌国へ向かうことを選んでも良いのではないでしょうか。威皇后の姿を相国民に見せる必要があるのは出立式までです。そこから北に向かう強行軍では皇后の姿をしていなくても問題はないでしょう。北へ向かう船は全速力で西金を目指し、西金に到着後はとどまることなく馬車で威国へ向かうわけです。空の馬車に侍女と太監、護衛がついていれば、十分にそれらしく見えます。威皇后の姿をした存在がいなくてもいいのであれば、貴女は翠玉殿に同行するべきです。あなた一人を侍女として潜り込ませるくらい、翠玉殿だけでなく翔央様も大歓迎で手配してくれますよ」

たしかに、翠玉だけでなく翔央も北行きには渋い顔をしていたので、大歓迎してくれるだろう。でも、それを選ぶ気は蓮珠にない。身代わりを終えるのは、本当に身代わりが要らなくなるその時だ。始めた仕事を最後までやり通すと、決めていたのだから。

「いえ、ここは妹離れの好機として、わたしは威国へ向かい、最後の仕事を全うする所存です。それに、翠玉の隣には、真永さんがいます。あの子も姉離れの時だと思います」

蓮珠は少し冗談を交えて応じたが、逆に冬来は表情を引き締めた。

「……この件は、姉妹の情の問題でなく、貴女自身の身の安全を考えて決めたほうがよろしいでしょう。今回の再出立、わたくしは翠玉殿とは逆に、叡明様と離れることを望んで選びました。叡明様から龍義を引き離すことのほうが大事だという判断からです。正直、龍義という男は、かなり危険です。確実にふり払うことはできます。ただ、その時に、どこまでわたくしとともにいる者たちに気を配れるかはわかりません」

冬来の、龍義をふり払うことは可能だという点に変更はないようだ。ただ、戦力になる紅玉や魏嗣はともかく、蓮珠のような戦力外の面倒までは見ていられないということなのだろう。

そんな自分でも、冬来が確実に龍義をふり払うための、その場の視線誘導ぐらいにはなれるはずだ。

「冬来殿、その危険を乗り越えるためにこそ、わたしという身代わりがいるのです」

蓮珠としては、真剣に答えた。だが、冬来は鋭い声で否定した。

「間違えてはいけませんよ、陶蓮珠」

蓮珠の背が自然と伸ばされる。目の前の人が、護衛の冬来殿ではなく、本物の威皇后になっていた。

「貴女は、最初から、わたくしのための『身代わり』ではありません。この国のための『身代わり』なのです。貴女が優先すべきは、この国の命運であって、わたくしの命ではないのです」

蓮珠はその場に跪礼しそうになって、必死に膝に力を入れた。

自分は、威国との戦争を避けるための身代わりだった。そのことをよくわかっていたはずなのに、心のどこかで『冬来の身代わりにならなければ』という意識が働いていた。

「貴女は、この国の国民として、陶蓮珠としての命を優先していいのです」

冬来の視線に重圧を感じる。南へ向かえと決断を迫ってくる。そんな息苦しい空気を裂いたのは、のんびりとした緊張感のない声だった。

「そこは、君自身も己の命を優先してほしいね。どちらの親とも面識ある身としては、何かあった時に顔向けできないよ」

声の主は、少し離れたところに立っていた。翠玉の宮の門柱の陰から先帝が顔を覗かせている。意外な人物の登場に、冬来も驚いていた。

「お邪魔するよ。同じ北回りになったので、打ち合わせに参加しようと思ってね」

先帝が軽い口調でとんでもなく重要な決定を口にした。

「先帝陛下も北へ向かわれるのですか？」

門から中に入ってくると、声よりもさらにのんびりした調子で、こちらに歩み寄りながら、とても緊迫感のあることを言いだす。

「ほら、僕の場合、南回りだと顔を合わせてはならない人物と遭遇しちゃう可能性が高いでしょう？　せっかく息子たちが知恵を絞って、上皇宮側で某国からの客人を接待する話をなしにして、今回のような出立式の形式にしてくれたわけだから、ここは大人しく威国方面に向かうほうがいいかな……と思って、志願したんだ。同行理由がひどいよね。二人を郭家の事情に巻き込んでしまって、申し訳ないと思っているよ」

本人も華王と遭遇するのは良くないと認識しているらしい。先帝と華王が顔を合わせることで、龍義の件とは別の戦争になりかねない問題が発生する可能性が高い。翔央は蓮珠に、良くて殴り合いだと言い、最悪どうなるかはあえて口にしなかった。

「威首長(いしゅちょう)にお会いになったことがあるのですか？」

蓮珠が問うと、先帝は目を細めて頷いた。

「だいぶ昔に停戦交渉で、ね。あと、今回も会おうと思っている。威国に行くんだし、威首長には頭下げないとな。大事な娘さんをお預かりしたのに、出戻りさせることになるなんて、申し訳ない。……凌国への国境を越えるまで、この首が残っているかなぁ」

さらっと怖いことを言うのは、雲の上の方々に共通の決まりごとなのだろうか。

「いえ、わたくしこそ、孝行のひとつもできず申し訳ございません。短い間でしたが、大変お世話になりました」

冬来もさすがに先帝の前では緊張するようで、いつもよりやや硬い口調になっている。

「そんなことはないよ。貴女が叡明に嫁いでくれて良かった。それは、翔央も同じだ。仮初とはいえ、隣に居てくれたのが君で良かった」

親しみやすい雰囲気と口調は、翔央と似ている。だが、どこか心の内が見えない表情をしている気がする。親しみやすさと近づきがたさが同居している印象だ。

「そうでしょうか……。そうだといいのですが」

蓮珠も冬来と同じか、それ以上に緊張している。なにせ、相手は先帝だ。庶民の蓮珠にとっては、公主に生まれた冬来より、二歩や三歩じゃすまないほど距離のある御方だ。

「本当のことだよ。息子たちは、貴女たちにとてもいい影響を受けたと感じている。特に叡明は……」

「僕のいないところで僕の話をするのは、やめてもらえますかね、父上」

鋭い声が先帝の言葉を切った。先帝の言葉を遮るなど、叡明以外の誰かにできることではない。

叡明に止められて、先帝はむしろ楽しそうに反論する。

「北回り組の親睦を深めているんだ、邪魔をしないでほしいものだ。南回り組は南回り組で親睦を深めなさいな」

「親睦を深めるなら、北に向かう船に乗ってからでも間に合います。いまは、それに乗るまでに話しておかなければならないことを話し合う時間だったんです。その時間も終わりです。移動しますよ、全体の段取り確認を行なう時間ですから」

叡明が踵を返し、先帝がそれを追って蓮珠たちから離れていく。

並び歩く父子の背を眺めながら、蓮珠も冬来と移動を開始する。

「お二人、大丈夫でしょうか？」

先帝が一方的に話しかけているように見える。雰囲気が良いようには思えない。

「問題ないと思います。叡明様もお会いした頃に比べると先帝陛下へのあたりがやわらかになられましたから」

冬来が口元の笑みを深くして教えてくれたが、前を行く叡明の背が不穏な空気をまとって止まった。

「冬来。君も僕のいないところで僕の話をしないでくれる？」

振り返った叡明が咎めると、冬来は浮かべた笑みを変えることなく応じた。

「声が届く範囲にいらっしゃるのですから、御咎めの範疇にはないのでは？」

こういうところが、さすが冬来だと思う。大陸広しといえども、叡明にこんな苦い顔をさせられる人はそう多くない。

「……そうだ、僕は陶蓮に話があったんだ。少しいいかい？」

叡明が蓮珠に話を振ってきた。

「は、はい」

蓮珠も足を止めれば、先帝と冬来は廊下の先へと進む。見る限り廊下に二人となったところで、叡明が真顔で話を切り出した。

「まず、北回り組は賭けの要素が強い作戦だ。おまえの悪運の強さに期待している」

冬来と同じく南回りにしろという話かと思えば、北回り組残留は決定のようだ。ただ、期待されている内容が、思っていたのと違う気がする。

「…………はい？」

どういうことかと確認したつもりだったが、叡明は話をさっさと先に進める。

「その期待が果たされ、元都からも無事戻った後のことだが」

問いかけを無視して話を先に進めておいて、そこで区切らないでほしい。

公式には官吏をやめているし、転職先だった後宮は解体している。威国の都である元都から無事戻れたなら、仕事探しから開始だ。何禅の兄の輸送会社で、威国相手の商売の通訳にでも雇ってくれまいか、など一応考えてはいる。しばし、無職になる覚悟はできているが、身代わりの退職金ぐらい出るという話だろうか。

蓮珠が叡明の言葉の続きを待っていると、叡明がボソッと告げた。

「李洸に頼んである」

人事が絡む問題だから、現時点で誰かに聞かれるとよくない話なのだろう。蓮珠もまた声を小さくして確認した。

「李丞相に?」

「ああ、そうだ。……陶蓮珠は、この国に必要な官吏だと、僕は考えている」

叡明は無駄を嫌う。方便も世辞も口にしない。その彼が蓮珠のことを「この国に必要な官吏」だと評してくれたのだ。蓮珠は素直に賛美と受け止めた。

「それは……わたくしにとって、最高の褒め言葉です」

蓮珠は膝を軽く曲げて、皇妃の礼で感謝を示す。

「遠目にどう見えるかを意識できるようになったんだな。実に皇后らしい所作だ」

叡明が感心したあとに、小さく付け足す。

「……そうか、間に合ったんだな」

「……主上?」

なにが間に合ったのだろう。そう思った蓮珠だったが、廊下の向こうから翔央のよく通る声が、二人の対話を止めた。

「ここにいたか、二人とも。時間だ、急ぎ出立の用意を」

いよいよ出立の時が来たのだ。蓮珠は、改めて蓋頭を深く被(かぶ)りなおした。

馬車を降りると、港を満たす熱気を感じた。

「すごいな、港が人で埋まっているぞ。栄秋の大通りの見物人の比ではないな」

背の高い翔央が周囲を見回し、半ば呆れたように言った。白鷺宮として別の馬車に乗っていた叡明が合流する。

「商売人は、すぐに店を離れられないが、それ以外の者たちは、全員出立式を見物に来ているらしいよ」

そして、見送ったそのあとは、虎児川に向かい相国の西側から楚秋府へ向かう経路を行くのだ。その姿は、栄秋港で陸に上がれなかった龍義軍・華国軍の目には、栄秋に戻っていくだけに映るはずだ。

「白龍河に浮かぶ船の数も十分だな。……うん、さすが派閥の長たちが乗る船は違う。いい具合に派手だ」

あらかじめ派閥の長にお願いしていたとおりに、彼らの中型船が出立式の列席者として主役である真永と翠玉が乗る船を囲んでいる。

「船上に並ぶ官服姿もいいですね」

朝堂とは異なり、紫衣ばかりではない。自身の派閥に属する官吏も後ろに並べているため、船上には中級官吏の赤衣や下級官吏の緑衣まで見える。見た目に華やかだと思っていれば、全体指揮を執る張折が合流の一言目に皮肉を言う。

「どの派閥にどれだけの官吏が属しているかを見せ合ういい機会なんだろう。今後の政でも影響力のあるところを見せておきたいのさ」

思えば、いまこの場にあって、これからの政にも確実に関わることになるのは張折だけだ。郭家の人々とそれに伴う従者は、凌国から政をするために戻る予定はないからだ。したがって、これからの権力争いを想像して重いため息をつく張折に共感する者がほぼいない。

「いいじゃないか、どの船にも人がいることを見せれば。多くの官吏が乗っていれば、これから先を考えて、官吏を怒らせるわけにいかない龍義側が、動きづらくなる」

たしかに翔央の言うとおりだが、蓮珠も張折側なので胃が痛くなる。叡明の話では、元都から戻ったのちのことは、李洸に頼んであるという。官吏としての蓮珠を評価してくれていたことから考えて、李洸配下の官吏として復帰する道を整えてもらえるのだと思われる。具体的には、李洸の推挙で科挙（官吏採用試験）の再受験が可能になるといったところだろうか。そうなれば、また派閥争いの中に放り込まれるわけだ。皇帝と組んで国内改革を推し進めていた李洸に対する朝議の風当たりは、皇帝が退いた後は厳しいものになるだろう。その李洸配下だ。官吏に戻れる可能性を与えられたことはありがたいが、けっして、楽な道ではなさそうだ。

「だからこそ、李丞相の下にわたしを入れる道を作ったのかな……」

李洸の下に、彼を裏切ることのない官吏を一人でも多く残していきたい。叡明の本当の狙いはそちらかもしれない。そうすると、国に必要な官吏というより、李洸に必要な官吏というのが本音だろうか。

「主上、例の船団が河下に見えてまいりました」

栄秋港に立つ楼閣に置いていた監視から報告が届く。

「そうか。……いよいよだな」

翔央の声にも緊張が混じっていた。

蓮珠は蓋頭の下で、思い切り力を込めて目を閉じてから、カッと見開いた。

ここは、自身の右腕だった李洸の下においておこうと思われるくらいの評価をいただけたのだと思おう。そして、その評価を落とさないためにも、この身代わり仕事の最後にして最大の山場を乗り越えることに集中しなければ。

「では、主上。わたくしたちも船上に参りましょうか」

蓮珠が促すと、翔央は頷き、周囲を固める面々の顔を見渡した。

「では、出立式をはじめよう。大々的に我が妹を送り出し、その勢いでお見送りご希望の方々を下流に押し戻すぞ！」

翔央の、彼にしては控えめな号令が、港に集まった栄秋の民の声にかき消される。ここからは、相手に悟られずに乗り切らなければならない。全員が無言で頷き、船へと向かった。

船上に着く頃には、華国の船団から陸に上がれないと抗議の使者が届いたが、皇帝が一蹴した。

「白瑶長公主を見送りたいという話だったので、存分に出立の見送りをしていただけるように、このような形式での出立式にしたのだ。陸に上がって、狭い皇城前広場を使うよりも、白龍河に船を浮かべるほうが広々としている。おまけに、見送る者も多く、見た目に華やかであろう？　伯父上もこのほうが見送りしやすく、お喜びになると思ったのだが、違っているだろうか？」

使者も黙らざるを得ない。抗議に返されたのは、伯父への配慮だ。しかも、白龍河に浮かぶ相国の船は華やかに装飾され、船上には官吏たちが姿勢を整えて並び、港全体も見送りの民で溢れかえっている。誰もが、ここ栄秋港で見送る気に満ちていて、今更会場変更ができる状態にはないのは、明らかだ。

「伯父上をお待たせしても申し訳ない。出立式を始めるので、使者殿も戻られよ。伯父上のおかげで、この上なく美しい花嫁姿になった白瑶長公主をよくよく見ていただきたいのだ」

相国側が華国からの船団の到着を待っていたわけだが、翔央は、どこまでも伯父を気遣う甥の顔で使者を帰すと、すぐに出立式を開始させた。

「栄秋港に集まってくれた相国の民よ。我が妹、白瑶長公主が凌国の王太子と縁を結び、本日この時に凌国へ嫁ぐこととなった。まずは、兄として、礼を言わせてほしい。これほど多くの民に見送られて輿入れするなど、おそらく大陸史上前例のないことだ。出立式への参列に深く感謝している」

船上から遠くまで響く翔央の声。集まった人々が聞き入っているのが、船上からも見て取れる。これこそは、翔央だからできることだ。彼のよく通る声は、聞く者の全身を震わせる力強さがある。

「すでに多くの民が知っているとおり、我ら郭家は龍貢殿に後を託し、この地を離れる。だが、不安に思うことはない。相国の民が変わらぬ日々を送れるように、龍貢殿とすでに約束を交わしている。また、我が国の優秀な官吏たちも、これまでどおりの日常を支えてくれる。どうか、変わらぬ笑顔で、この国を、この大地を愛し、育んでほしい。今日、ここ栄秋港に集まった者たちだけでなく、この相国のすべての民に、西王母と白虎の加護があることを。今だけのことでなく、遠く大陸の東の地からも祈っている」

日頃は上の方々に文句ばかり言っているだろう下町の人々までもが、静かに船上を仰いでいた。

「ここからは、本日の主役に場を譲ろう。……白瑶長公主、栄秋に別れの挨拶を」

引き際も鮮やかに皇帝が船の際から下がる。併せて蓮珠も皇后として優雅な礼を見せてから、場を下がった。入れ替わりに、凌国王太子の正装姿の真永に伴われて、白瑶長公主が民の視線の前へと出ていく。その美しい花嫁姿に、栄秋港が大歓声に包まれた。

「なんとか勢いで押し切ったな」

日陰に入るフリをして、皇帝・皇后は船の中へ入った。翔央は、そんな第一声を、大役を終えた安堵とともに吐き出した。

「はい。……今回、わたしは特に言うことはなかったのに、もう夏の炎天下にあって寒さに震えるほど緊張しました」

今回、威皇后は、民に対して何か言葉を掛けることはなかった。後宮はすでに解体し、実質皇后の地位にはないからだ。故に、名実ともに皇帝の傍らのお飾りとして出立式の最後まで立っているのが、蓮珠の仕事だったわけだが、本当に立っていただけなのに、指先が氷水に浸していたように冷たい。

「蓮珠、まだ終わってはいないぞ。ここから、最後の詰めが待っている」

翔央の大きな手が、蓮珠の冷えて縮こまった手を包んだ。

「これは、一時の別れだ。凌国で一仕事片付けたら元都に向かう。……だから、大人しく待っていてくれよ」

再び約束を交わして、翔央が蓮珠の手を離した。

なんだか、理不尽な言いがかりをつけられた気がしないでもない。元都でもなにかやらかすと思われているようだ。真意を確認すべく蓋頭を少し上げて、背の高い翔央の顔を見上げる。

「手は冷たくなっていたが、顔色は悪くないな。よしよし」

意地悪な笑みを浮かべていた。どうやら、蓮珠の顔色を見るために、引っ掛かるようなことを、わざと言ったらしい。だが、急に目を伏せる。

「やはり、よくないな。顔を見ると……離れがたくなる」

翔央の手が蓮珠の頬を撫でる。離れがたいのは、蓮珠も同じだ。

この栄秋港での策がうまくいったとしても、それぞれに軍勢を相手にする状態が発生する。北回りは龍義軍を、南回りは華国軍を。華王は『白瑶長公主を見送る』ことを公言しているが、翔央たち郭家の人々が凌国に向かうのをどうするのかは発言していない。かつて、翔央は、華王について『言ったことは絶対に守る。ただし、都合の悪いことは絶対に言わない』人物だと評したことがある。

翔央と叡明が、龍義軍と華王軍の分断を図ったのは、威皇后を狙ってくるとわかっている龍義よりも、華王のほうがなにをしてくるかわからないからというのもある。

「大人しくお待ちしております。でも、あまり時間が経つと、例によって厄介ごとが舞い込んで、大人しくしていられなくなるかもしれませんよ。……だから、すぐに迎えに来てくださいね」

これは一時の別れだから、明日には会えるぐらいの重くない空気感で別れたい。

「もちろんだ。すぐに行く」

最後は、お互いに笑って背を向けた。

まとめて下船しては目立ってしまうので、北回り組は二人ずつ、違う場所に降りて、乗る予定の船で合流する事になっていた。そのため、蓮珠は、皇后の衣装を人目から隠す夏用の外套をまとうと、まだ出立式が続く船を、冬来と二人で港に降りて、人波の中に紛れ込んだ。

人目には、出立式見物に来た豪商の娘が、付き人と二人ではぐれてしまい、親たちを探して人波の中を歩いているように見えるはずだ。

数歩と進まないうちに、傍らを行く冬来が小声で蓮珠に状況を告げた。

「前を向いたまま聞いてください。降りる直前に人波の中に船上を見ていない者たちがちらほらと紛れ込んでいるのを確認しました。多くはありませんが、小隊ぐらいは……」

言われたとおり、視線を前に向けたまま、蓮珠は冬来に尋ねた。

「例の特別部隊でしょうか？」

「可能性は高いです。用意した船はまだ少し先ですが、それまでに詰められて船に乗るところを狙われては厄介です。逃げ場が限られている上に、どの船を使うか知られては、船そのものを狙われてしまいます」

北に向かう船は、自分たちが乗り込む一隻のみ。護衛用の船は、南回り組についてもらった。それらは、凌国に向けて出港する船の護衛でもある。北回り組は目立たずに栄秋港を離れるために、周囲の船に紛れる小型商用船を使うことになっている。

「龍義軍の軍船に囲まれるわけにはいきません。……敵の注意を桟橋から引き離します。すぐに戻りますので、蓮珠殿は、このまま桟橋に近い場所を進んでください」

「わかりました。船に乗り移りやすい位置を維持して歩くようにします。……お願いですから、すぐお戻りくださいね」

応じながら、視線だけ右前方へ動かす。白龍河は蓮珠の右側だ。北回り組が乗り込む予定の船は、港から離れやすくするため、だいぶ北側に置いてある。小柄な蓮珠では、そもそも人波の中で遠くのものを見るのは難しいが、派閥の長たちが用意した船が真横に見えるうちは、まだ距離があると思われる。

「もちろんです。蓮珠殿は、どうか振り向かずに進んでください」

蓮珠は無言で頷き、前を見据えた。

栄秋港の広場は全体に石畳になっているが、船に乗り込む桟橋部分は板張りだ。当然だが、見物客は石畳の広場に集中していて、桟橋に人はほぼいない。いつでも船に乗り込むためとはいえ、桟橋を進むのは目立ってしまう。船に乗り込むその瞬間まで桟橋からつかず離れずの距離を保って、広場の端を歩かなければならない。そのかわり、船に乗り込むときは、迷わずに一気に桟橋を走り抜けて船に飛び込むことになる。

「すみません、通してください」

見物人は、白瑶長公主の船を見たくて、そちらに少しでも近づこうと蠢く。その中を流れに逆らって進まねばならない蓮珠は、たびたび人にぶつかった。

「すみません」

何度目かの衝突を詫《わ》びて進もうとした蓮珠の蓋頭の端が突如掴まれる。ぶつかった見物人を怒らせたのかもしれない。

「ごめんなさい、先を急いでいて……」

「急いで、どこへ向かっているんだ？」

その声は、怒りでなく憎しみの色を帯びていた。

「……か？」

蓮珠の蓋頭の端を掴む手は、少し震えている。

「白公主か否かを尋ねている、答えよ！」

急に強気になったのか、震えていた手が勢いよく蓋頭をはぎ取った。

振り向かずに進むよう冬来から言われていた。それでも、これは振り向かないわけにいかない。

人波の中にあって、一人の男と向き合った。声で感じたように、その目には強い憎しみが宿っていた。

まだ、誰何《すいか》されただけだ。それでも、蓮珠には直感的にわかった。これが龍義だと。

龍貢より八歳若い左右龍の一人、のはずだが、想像していたよりも若く見える。なによりも、軍を率いている人物というには全体に線が細すぎる印象を受ける。整った顔立ちにも、どこか品の良さが備わっていて、戦う者には見えない。蓮珠を見下ろしているが、大陸南部の血を引く双子に比べたらそこまで背が高くないこともあり、怖くはなかった。

「なぜ答えない？　……我が顔を忘れたか？　あの日、闇に紛れるひきょうな黒ずくめの姿で現れた貴様からは、月明かりの下に我が顔をしかと記憶したのであろう？」

目に宿る憎しみが変質した。冷たく深い闇色の目からは、忘れたとは言わせない、言うものなら決して赦さない、そんな強い念が滲み出ている。

はぎとった蓋頭を石畳の上に落とし、男が蓮珠の手首をつかんだ。一国の頂点を望む者にしては、やることがあまりにも粗野ではないだろうか。なんだろう、この男は、幾度も印象が変わっていく、そのことが怖い。

「……人違いです。手をお放しください」

冬来の教えに従い、相手の力を利用して手首を返し、捻りに耐えられなくなった手を軽く振りほどくと、すぐに距離を取った。間合いなどわからないから、とにかく離れる。

「失礼します」

蓮珠は意識して人の多い場所を選んで人波に紛れた。

「これが、人違いなわけあるか！」

後ろから声が聞こえた。蓮珠はすぐに小柄な身体で、人波を縫うように走る。

ある意味、失敗した。普通の市民があんな風に拘束を抜けられるとは思わないだろうから。それでも、あれ以上は触れられていたくなかった。だって、冬来と約束したのだ。威皇后には触れさせないと。それなのに……。悔しさに俯いた蓮珠の左から影が差した。冬来が戻ったのかと思ったが、もっとひょろっと細い影だった。

「陶蓮様、こっちです」

いつの間にか魏嗣が近づいていて、蓮珠を誘導する。この人はこの人で、小柄ではないが、かなりの細身なので、人々の間を蓮珠よりも器用に進んでいく。

「……魏嗣さん、龍義に遭遇してしまいました」

今になって気が付いた。顔を見られたうえで、威皇后であることを肯定する行為をしてしまった。やはり、冬来の言うように振り向くべきではなかった。蓋頭を掴まれても、止まることなく進むべきだった。それで蓋頭を落とすことになっても、顔を見られるよりはましだった。あの場に龍義が一人だったとは思えない。近くに何人いたかは冬来ではないのでわからないが、何人か龍義側の者がいたはずだ。その彼らに、顔を見られたことが一番の痛手だ。

「なんと。さすが、鬼の如き陶蓮様。相変わらず、引きがお強い」

うん、確実に褒め言葉じゃない。これで本当にお付きの太監なのだろうか。お付きの太監というのは、主である妃嬪に気に入られるための美辞麗句を標準搭載しているものだと思っていたのだが。

色々と言いたいことが喉元まで上がってきたが、それらよりもずっと弱々しい言葉の連なりが口からこぼれだす。

「そうかもしれません。……怖い人でした。強い武人を目の前にした怖さとは、まったく違うんです。得体のしれないなにかと対峙したような、そんな怖さです。わたし、あの人にだけは、絶対に捕まってはいけないと感じました」

弱音だとわかっていても口にせずにはいられない。龍義に触れられた手首に、まだ冷たい感覚が残っている。

「それは、我々護衛にとっては、重畳です。守られる側に本気で逃げていただかないと、こちらとしては動きづらいので」

そうだった。この人の本職は太監ではない。自分の根底に官吏の陶蓮珠がいるように、この人の根底には間諜としての魏嗣がいるのだ。

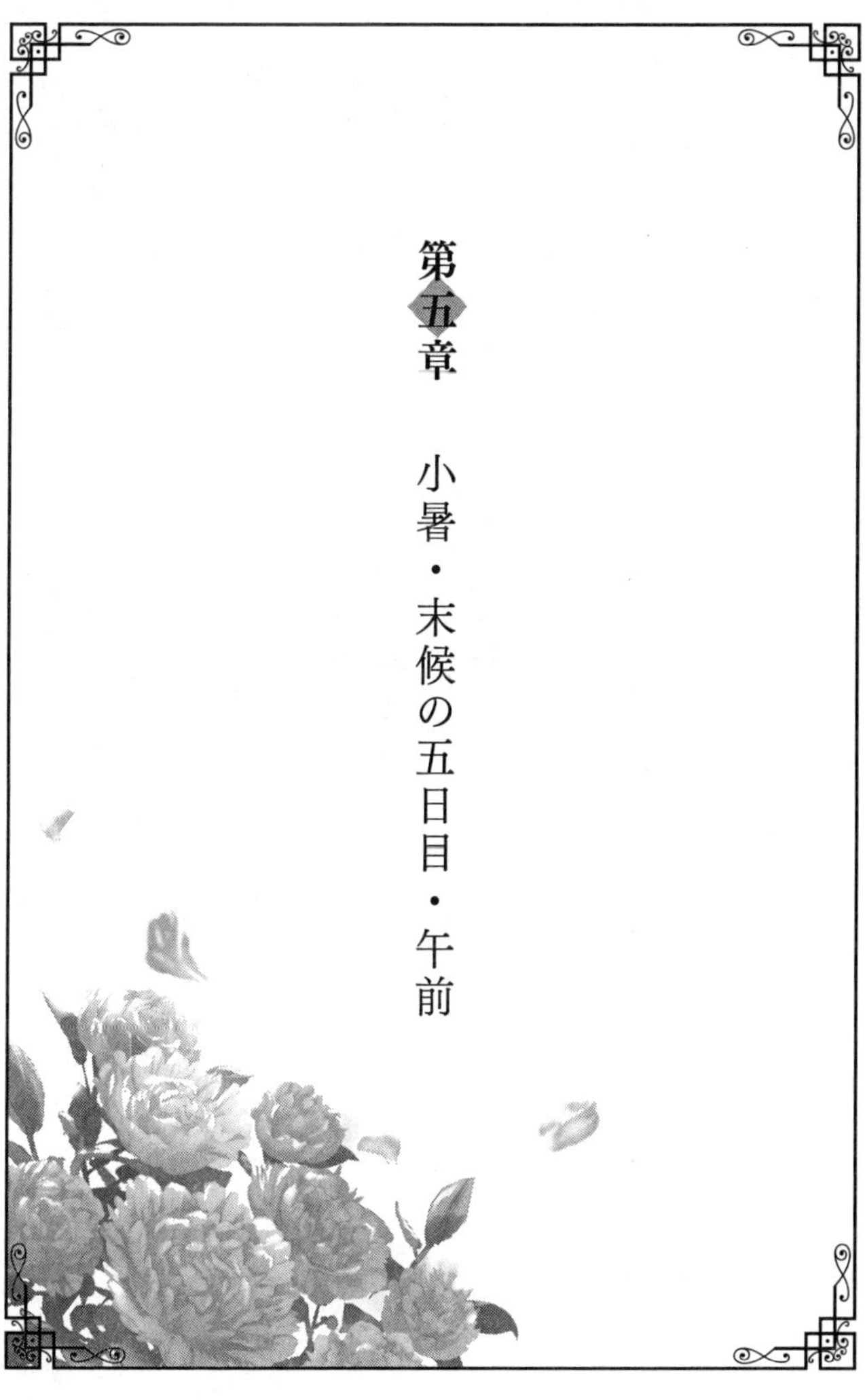

第五章

小暑・末候の五日目・午前

白龍河からよく通る声が、短く命じた。

「魏嗣、跳べ！」

言われた魏嗣が、左小脇に蓮珠を抱える。

「まったく、我が上司は、どなたも無茶ばかりさせる」

愚痴をひとつ呟くと、そのまま一番近い桟橋を走り、白龍河に跳んだ。

「え、……お、落ちる！」

何事か把握する前に、蓮珠の眼下に水面が近づく。思わず目を閉じたところを、乱暴に引っ張られて、また叫びそうになるが、強く誰かに抱き留められた。

「……ギリギリだったな。魏嗣、おまえは無事か？」

よく知る声がすぐ頭上に聞こえる。後方からはそれに応える声がある。

「ええ。この程度でつぶれるような鍛え方してないでしょう、あなたが」

「それも、そうだな。……よし、一旦桟橋を離れる！」

船が動くのを感じて、蓮珠はようやく目を開いた。

「翔央様……？」

「ああ。船上から見ていた。目立たずに、と言っていたのに、人波を走っていたから何かあったんだろうと思って、急ぎ船を北に向かわせた。二人を回収できてなによりだ」

冬来に言われた通り河岸を離れなかったのが良かったようだ。安堵して、周囲を見渡せば、水軍の小型外輪船（がいりんせん）の上だった。外輪船は船尾につけた水車を推進器にして進む船なわけだが、甲板の下には漕ぎ手もいて、船の高さが相応にある。にもかかわらず、魏嗣は蓮珠を小脇に抱えて桟橋から甲板に跳んだらしい。

これは、果たして鍛え方でどうにかなるものなのだろうか。蓮珠は呆然と傍らに控えている魏嗣を見る。

「それで、なにがあった？」

翔央に問われて、我に返り、急ぎ状況を報告する。

「龍義に見つかってしまいました。おそらく、周囲の人たちと違って、翠玉のいる船を見上げず、蓋頭を被って人波を急いでいたから」

「龍義……本人に見つかったのか？　無事なのか？」

翔央が焦った様子で、蓮珠の全身を視線で確かめる。

「は、はい、無事です。手首掴まれましたが、冬来殿直伝の返し技で振りほどきましたので。……ただ、そのせいで、顔を見られたうえで本物と認識されたようです」

翔央が顔をしかめた。

「それは無事とは言わない」

翔央が蓮珠の手を取る。幸いと言うべきか、龍義はそれほど力が強くなかったので、握られた跡もついていない。

「良かった……とは、言い難い状況だな」

翔央が安堵しかけて、再び眉を寄せる。

そのとおりだ。威皇后として顔を知られたのは、かなりの痛手だ。この先、蓋頭があろうがなかろうが、狙われることになる。

「あちらさん、港を動き回っているな。この船を岸に寄せるのは無理そうだ。船から船に移って、ほかの威国行き組を拾い上げるぞ」

甲板から港のほうを見ていた紫衣が振り返った。

「張折様？　……この船、もしかして……」

「ああ、南回り組が船を乗り換えるために乗った小型船だ」

見れば甲板には、張折だけでなく、叡明もいれば、先帝もいる。

これで威国行き組を全員拾い上げれば、ここに冬来も入る。あちら側が捕えたい人物がまとめて一緒にいる状態ではないか。

「そんな……」

蓮珠は、そのまま仰向けに倒れそうになった。

栄秋港に集まった民に手を振る白瑶長公主の白錦の衣が風に翻り、夏の陽光に白金の糸で施された刺繍が光を返す。

華王は自身が乗ってきた船上から、その姿を眺めて、満足そうに頷く。

「やはり、単なる金糸でなく白金の糸を使わせて良かった。遠目にも輝いて美しい。癪だが、花婿の衣装とも合っている。絵師を連れてくればよかった、惜しまれるなぁ」

栄秋港で陸に上がれずとも、華王は上機嫌で姪の見送りを楽しんでいた。

周囲の者たちは、安堵の表情で遠巻きに華王を見つめている。五十路を感じさせない美麗の君主の微笑む横顔は、見る者の寿命を延ばす天女を思わせるものがある。

そのため、龍義軍からの依頼を持ってきた使者が現れると、その場の皆が不快を隠さずに、使者を睨んだ。

「陛下。龍義軍より救援の依頼が。船を何隻か出してほしいとのことです」

華王の側近である鄒煌が、主に耳打ちした。

「断る。あの子の船が出るところなんだ。見送りの船の数で相国に負けるわけにいかないからね」

即答で断った華王に、周囲の者たちも同意して、龍義軍の使者に侮蔑の視線を送る。平伏したままの使者が口の端に屈辱を刻む様子を一瞥してから、華王が慈悲を響かせる。

「そのかわり、騎兵を少し回してやりなさい」

勢いよく頭を上げた龍義軍の使者は、顔に喜色を浮かべていた。その視界を遮って、鄒煌が華王に確認する。

「よろしいのですか？　栄秋で暴れることは、栄秋の民を敵に回します。郭家が玉座を退いても、貿易都市栄秋は続きますよ」

他の者であれば、華王に意見することなど許されないが、鄒煌は例外だ。華王も気を悪くするどころか、微笑んで鄒煌にだけ聞こえる声で返す。

「だから、華国の旗を掲げた船は動かさないんだ。騎兵も龍義の旗の下で動く分には、華国が動いたわけじゃないしね」

「御意。……龍義軍をうまく使うわけですね」

鄒煌が使者をさがらせ、騎兵を向かわせる準備を行なうように自軍の者に命じる。彼らが遠くなってから、華王は視線を翠玉のいる船に戻し、酷薄な笑みを浮かべた。

「使われてあげるんだよ。龍義は、本当に会った頃の、子どものままだ。いや、子どもなら日々成長するか。単純に中身が幼いのかな。学ぶということを知らない」

この評価に、場の華国の者たちがクックッと喉を鳴らして笑う。

「手持ちの武器を把握し、動くべき時を見誤らないようでなければ、大陸の覇権になど、到底手が届くまいよ」

主の冷静な見方に、鄒煌は頷いた。鄒煌から見ても、龍義は大陸中央を掌握できる器には見えない。華国は、龍貢とは接点がないが、華王の甥が選んだ相手だ。龍義より遥かに大陸中央の覇者となるにふさわしい大器なのだろう。

「……まあ、存在をどうにも無視できない相手を目の前にしたら、冷静ではいられない。その気持ちは、わからなくもないけどね」

鄒煌は、この一点が残念でならない。龍義の不利も、広大な大陸中央に覇を唱える器にないことも華王はわかっている。それでも、手を差し伸べたのは、同じ衝動を抱えている者だから。この一点の理由からだけだ。

「あ、あと、騎兵を率いる者に、例の件を言い添えておいて。……おそらく、北に向かったんじゃないかと思うから」

唐突に話を変えた華王に、鄒煌は安堵する。己の主は、まだ冷静だ。すぐ近い場所に、暗い衝動に走らせる存在がいるが、それでもここまで船団を率いて来た、もう一つの理由を忘れてはいなかった。

「それと、華国の名前を出すのは本人の前だけで、ね」

「畏まりました」

鄒煌はその場で跪礼した。周囲の者たちが表情を引き締める。華王個人の理由でなく、華国が華国として、今日この日に栄秋まで来た本命の用件に向け、いよいよ動き出す時が来たからだ。

北回り組も南回り組も乗せたことで小型船は手狭になった。

「ありがたくも西金から来ている商船が、最終的に乗る船までの繋ぎになってくれるそう

だ。乗り移るぞ、急げ」

翔央が言うが、退位するとわかっているとはいえ皇帝から頼まれて、拒絶はできないだ

ろうに。申し訳ない気持ちを抱えながら蓮珠も船と船の間に渡された平板を進む。

「まずいな。あちらさんの船が、いくつか動き出した。むこうは軍船だ。ぶつかられたら

ひとたまりもないぞ」

港の様子を見つつ、最後に乗り移った張折が報告兼ねてぼやいた。張折の肩越しに相手

の動きを確認する叡明が小さく唸る。

「動かない船のほうが多いね。遠目に定かじゃないけど、華国軍配下の船かな。あんな伯

父でも、翠玉の見送りに集中するってことかな？」

華王自身は、本当に見送り目的だったのか。叡明は、疑っているようだ。

「俺は、あの人が栄秋に来ないことが一番の餞(はなむけ)だったと思う……」

翔央が今更なことを口にする。

「小官は、華国軍が船の貸し出し業に手を出すのもやめていただきたいですね」

張折が、翔央の言に乗っかって皮肉を吐き捨てる。

「あっちから、船を乗り移ったのが見えているかもしれない。船そのものでの移動でなく、船の間を俺たちが移動して、どの船に乗っているのかわからないようにする。すぐ次の船に移動しよう」

翔央の発案で、蓮珠たちは船から船へと移動する。数隻乗り換えたところで、後方から怒鳴り合いが聞こえてきた。どうやら蓮珠たちを追う龍義軍の船が、このあたりに止まっている船に航路を開けるように要求したらしい。

「おいおい、河を上って、どーしようってんだ?」

蓮珠たちが最初に乗り移らせてもらった船の持ち主は、とても穏やかな気性の商人なのだが、彼が信頼する船乗りは、腕は確かだが気性は荒い。強面(こわもて)の武将から航路を開けろと言われても、すぐに譲るような人物ではなかった。むしろ、相手を煽(あお)ることで、足止めしてくれている。大きな声を出しているのも、蓮珠たちまで状況が聞こえるようにという配慮かもしれない。

「なんだなんだ？　華国の方々は長公主様の見送りにいらしたのだろう？　それなら南に向かわねぇと。ここは栄秋の者に任せなさい」

事情を知っているわけでもない周辺の船も、この騒ぎに参戦してきたようだ。

「そうだ！　南がわからないなら、我々が先導して差し上げよう！」

もう言っていることが、完全に酔っぱらいのそれである。お祝いに船上で酒宴をしていたのだろうか。

だが、栄秋の商船は輸送用の大型船だった。華国の中型軍船を阻む一方で、その隙間は蓮珠たちの乗った西金商人所有の小型船を通した。

「……僥倖だけではなさそうだな。栄秋の者からすれば、相の小型船を追い回す他国の船が気に入らなかったから止めてやったというところだろう。本格的に栄秋の商船を巻き込む前に港を離れよう。本気で追ってくるときは、力ずくになるだろうから」

翔央は背後を確認してから、前方を睨み据えた。

蓮珠たちの七隻目に乗り移った小型船は、栄秋港の最北に近いところまで来ている。ここから先は、乗り換えられる船自体がなくなる。乗っている船でそのまま西金を目指すことになる。

「軍船の力ずくには、この大きさの船では対抗できないよ。基本的な速さも違うから、あの船の包囲網を抜けられたら、すぐに追いつかれるだろうね」

叡明が少しでも速度の出せる船に移ろうと周辺を見回す。その時、白龍河の中央をかなりの速度で上ってくる大型輸送船が視界に入った。

華国が徴用した商船か。全員が警戒したのは一瞬のことで、最初に冬来が気づき、場の全員に告げる。

「あちら、雲鶴宮様の船にございます」

言われてよくよく見れば、甲板から大きく手を振っている明賢が見えた。龍義軍の動きを警戒して、声を出さずにひたすら身振りでこちらに存在を主張している。

「まさか、西界まで下って、引き返してきたのか？」

北回り組がそうしたように、南回り組も小分けで南へ向かう船に乗り換えることになっていて、翔央たちと明賢は別行動だったのだ。それが、どういうわけか、大型輸送船でこの大混乱の場に現れた。

「説教は後だ。全員、明賢の船に移るよ。あの船なら西金までいける。このあたりの船で一番速度が出る。なにより、中型船に多少当て身を食らわされても、すぐには致命傷にならない頑丈さがあるからね」

叡明が、すぐさま決断して、明賢に手振りで船を寄せるように指示を出した。

小型船も河の中央に寄り、明賢の船に並走する。速度を落とさずに移るために平板を渡すのでなく、綱を掴んでよじ登るという力業によるものだった。

「西金へ向かう船が栄秋港を北上するのに、この大型輸送船ほうが、小型船で北上するよりもずっと自然だ。正直、僕の計算外の『一網打尽にしてください』と言わんばかりの状況になってしまった以上、速さで相手を振り切るよりない。陶蓮、行けるか？」

どうやら綱を伝って船に上がれるかどうかを聞かれているらしい。蓮珠は小さな身体で大きく胸を張った。

「山里育ちを甘く見ないでください」

口だけでないことを示すように、綱を掴んで上がっていく。

「正直、皇后の衣装の重さを忘れていましたが、なんとか……」

最後の最後に蓮珠を引き上げたのは、船の所有者だった。

「ようこそ、僕の船へ」

追われていることを忘れさせる明るい声だった。

蓋頭のない状態で、威皇后の衣装を着ている状態をどう説明しようかと思っているうちに背後から声が上がる。

「明賢、どうして、おまえが北上しているんだ？」

甲板に上がって来るなり翔央が明賢に詰め寄った。

「おまえだけは無事に南に向かったと思っていたのに、残念だよ」

続いて上がってきた叡明も明賢に歩み寄る。

「威国組ではありませんが、僕も北上します。……華国に近づくことが嫌なので」

悪びれない明賢に、さらに何か言おうとした双子の背後から先帝が割って入る。

「とかなんとか言って、乾集落の彼女に会いに行くんでしょう？　聞いているよ、何度かこの船で北のほうへも行ったって話を」

先帝が笑いながら言うので、明賢も軽く返す。

「さすが父上です。バレましたか？　まあ、でも、この船は僕の船なので。僕の行きたいところに行くだけです」

これで十歳にもなっていないなんて、大衆小説もびっくりだ。

「明賢は決めたら曲げないからなあ」

先帝と明賢の間だけで、話がついてしまっている。双子と先帝の微妙な距離感は知っていたが、明賢と先帝だと、こんな近さなのか。

分断策が使えなくなった叡明が、額を手で押さえながら父と末弟を睨んでいる。

「叡明、どうする？　この船で反転して南へ向かうわけにいかない。相手側の船は、まだ俺たちを追ってきている」

「……わかっている。そこに突っ込んでいくのは、いくら大型輸送船でも厳しい」

「……わかっている。取れる道はひとつ。このまま船で北上、北回り組が陸路への切り替えを予定していた西金まで行く」

叡明の決定に、明賢につき合わされて船を出した何遼が泣きそうな声を出す。

「無事、西界に戻れますかね？」

大人たちが明言を避ける中、明賢がビシッと言い返した。

「縁起の悪いことを言わないの。大丈夫、僕らになにかあっても、何遼や船のみんなは、なにごともなく西界に戻らせるように交渉するから」

交渉って、それ、相手側に捕まる前提になっているのでは。

「明賢、おまえのほうが縁起の悪いこと言っているぞ」

翔央も蓮珠と同じく引っ掛かったらしく、末弟の頭をわしゃわしゃとかき混ぜた。

栄秋港から西金港まで、それほどの距離ではないが、気持ち的に長く感じられる船旅となりそうだ。

栄秋港から西金港までは、この大型輸送船であれば一刻半（三時間）で着く。その間に、一網打尽を避けるべく、話し合いが行なわれた。これにより、船を降りた後は、予定どおり威国に向かう北回り組と、国内を横断して大陸西岸の港から船で大回りして凌国を目指す南回り組とに分かれて行動し、改めて龍義軍と華国軍を分断することになった。

「結局、一緒に北には行けないいか」

甲板に戻る途中、翔央がため息をつく。

「主上、敵の分断は重要でしょう？　大人しく、凌へ向かってくださいよ」

蓮珠の傍らに控えていた魏嗣が諫める。栄秋港で無茶をさせられた意趣返しかもしれない。

「相手の分断もですが、こちらも分かれないと一網打尽ですよ。それは避けたいです」

蓮珠も翔央を宥めたところで、甲板から騒がしい声が聞こえてきた。

「どうした、追いつかれたか？」

翔央が駆け出し、蓮珠もそれを追う。

甲板では、何遼の部下が二人がかりで一人の女性を抑え込んでいた。

「なにがあった？」

翔央の問いに、何遼の背に庇われていた明賢が飛び出てくる。

「兄上、西金に寄せるの、待ってください！」

翔央は周囲の者たちを一瞥して、彼らからそれを否定する声が出ないのを確認してから明賢の話を聞く態勢を作る。

「理由は？」

「この者が密かに甲板で鳥を放っていました。おそらく、伝書鳥です。船の到着場所を誰かに報せたのではないかと思われます」

甲板に押さえつけられている女性は、女官の衣装を身に着けていた。

「……明賢のところの女官か？」

問われた明賢は、押さえつけられたままの女官を睨んでいた。

「はい。雲鶴宮の、より正確に言えば、母上の、ですが」

「……それがなぜ、おまえといるんだ、明賢？」

騒ぎに叡明も甲板に出てきた。

「残したんです。これからの母上に多くの女官はいらないから。南回りに同行させて、華国で降ろす予定でした。北上することを急いでいたので、存在自体を失念していて……。まさか、こちらの船に乗り移っていたなんて。申し訳ございません」

明賢にしては歯切れの悪い説明だった。末弟から視線を侍女に移した叡明が、何かに気づき、再び明賢を見る。

「……なるほど。華王がつけた女官だね？」

背中と肩を抑えられていた侍女が顔を上げる。悔しげな表情が、叡明の指摘を肯定していた。

蓮珠は納得と同時に、やられたと悟った。

華王は、追う必要がないから船を動かさなかっただけなのだ。栄秋港で龍義軍から離れることになっても、郭家の人々と行動をともにしている女官から知らせが届くとわかっていたから。結局、姪の門出を祝うためだけに栄秋港に押しかけたわけではないのだ。蓮珠の中に冷たい失望が広がる。

「はい。華国に居た頃から母上のお付きでした。雲鶴宮でも、一番長く仕えている女官の一人です」

明賢が生まれる前から、華王の手の者が相国の皇城にいたということだ。改めて女官の顔を見た蓮珠は、ハッとして傍らに立っていた翔央の袖を引く。

「……思い出しました」

「どうした？」

蓮珠は、目を閉じて詳しく思い出すことに集中した。

「わたくし、こちらの女官に見覚えがございます。……以前の華王様の訪相の際、雲鶴宮様と西界の商人を迎えて、飛燕宮妃様へのお祝いの品を選び、玉兎宮に戻ろうとしていた時のことです」

ここで、魏嗣とともに蓮珠の背後に控えていた紅玉も小さく声を上げた。蓮珠は自分の記憶が正しいことを確信して、さらに続けた。

「華王様が雲鶴宮様をお呼びだと使者の方がいらしたんです。その時、使者が来たことを報せに部屋に飛び込んできた雲鶴宮の女官が、この者だったと思います。そのあと、華王様の使者の方が入って来てひと悶着あったことのほうが記憶に強く残ってしまっているのですが……」

少し振り返れば、目が合った紅玉が首肯する。

「あの時、わたくしが一目で『雲鶴宮の女官』だとわかったということは、下働きの女官ではなく宮付き女官の格好をしていたはずなんです」

蓋頭を失っても、いまこの場にいる蓮珠は、威皇后だ。女官の不審を問い詰める権限がある。

「宮ごとのお仕着せを賜ることができる宮付き女官は、女官としては中上位にあります。それなのに、どうして、帰ろうとするわたくしを見送る側にいないで、訪問者の取次をしていたのですか？」

宮付き女官が訪問者の取次をすること自体は、ないことではない。

ただ問題は、その時、雲鶴宮には皇帝に並ぶ国内最高位の『皇后』がいて、玉兎宮に戻ろうとしていたことにある。

「あの時、華王様の使者が雲鶴宮を訪ねていらしたのも、あなたから逐一状況報告を得ていた華王陛下のご指示だったということですね？」

女官は答えない。この場合、沈黙は肯定だ。

「母上と華国商人を繋げたのも彼女です。だから、母上と距離を置かせていました。でも、甘かったです。そんなことじゃ、全然足りなかった。もっと、ちゃんと、雲鶴宮から……、いえ、この国から追い出すべきだったんだ。……でも、そんなことをしたら、母上が気づくと思って……」

鳴咽（おえつ）交じりの明賢の言葉に、蓮珠は引っかかりを感じた。『気づく』とは、どういうことだろうか。華国からついてきた侍女を追い出すことで、小紅が何に気づくというのだろう。だが、沸き上がる蓮珠の疑問を叡明が遮った。

「明賢、そこまでだ。小紅様は凌国へ向かわれた。この件が耳に届くことはない。おまえは、ちゃんと自分にできることをしたんだ。泣かなくていい」

「ああ。過去を問うのは、もういい。問題は、ここから先の方針だ」

翔央が言って、張折も頷き、女官を遠ざけておくように指示を出す。

「西金より北岸のどこかで船を降りるべきだね。栄秋港に知らせているなら西金より南ではすぐ追っ手が迫ってくる可能性が高い」

叡明が女官の姿が見えなくなったのを確認してから方針を口にした。

「……西金で乗るはずだった馬車がありません。逃げ切れるでしょうか？」

この状況では、西金に馬車の移動を指示することもできない。馬車なしなら、陸に上がってから先は、歩くよりない。この場の誰よりも徒歩に向いていないのは、間違いなく皇后姿の蓮珠である。

「どうやっても、どこかで追っ手とぶつかることになるね。おそらく、陸路で追うための騎馬隊だったんだ。龍義軍だけでなく、華国軍も騎馬隊を多く乗せていた時点で気づくべきだった。……伯父上のほうが上手だったな」

悔し気な叡明の肩を翔央が軽くたたく。

「しっかりしろ、勝敗はまだ決してない。勝負はここからだろ？」

叡明が大きく息を吸ってから瞑目する。

「……西金から先の白龍河上流域は、河幅が極端に狭くなる。その上、流れが速い浅瀬が多い。この大きさの船では、すぐに降りざるを得ない。西金のある辺りは地方軍の駐留地の中間地点にあたる、すぐ近くに救援を求めることはできない。どこに行くにしても距離がある」

西金で馬車に乗り換えると決めたのも、叡明が言うとおり、そこから上流の白龍河は船で上るのには厳しいからだ。

「北回り組がいる。ここは威公主を頼るのが早いんじゃないか？　国境近くに陣を構えているんだろう？　誰か動ける者に行ってもらえば早い」

翔央の提案に叡明が首を振った。

「それは、相国内に威国軍を招き入れる行為だ。戻って来る頃には、龍義軍も華国軍も網を張っているはずだ。捕まれば、救援要請に行かせた者が、国家に対する背信行為を問われる。同時に、威公主も国境侵犯をした扱いになる。……僕ら自身を差し出すよりない人質の出来上がりだ」

こんな状況では、公式の皇帝宣旨を発布できない。口頭命令で他国の軍に動いてもらうのは、さすがに無理だ。叡明の言うことは正しい。こんな状況だからこそ、龍義や華王に足元をすくわれるような行為は避けなければならない。

押し黙った翔央が、叡明に改めて問う。

「……それは、俺が相国皇帝として直接、威公主に救援要請を行なう分には、問題ないって話でいいか？」

少し間をあけて、叡明が渋々頷く。皇帝は国家そのものだ。使者を向かわせられないなら、自らが行けばいいという発想だ。

「よし、俺が行く。山の中の行軍なら経験がある。最速で行って、戻って来よう」

翔央の決断は早かった。すぐにも動き出しそうな片割れを、叡明が引き留める。

「……最速ってことは、別行動するつもり？　戻りはともかく、行きに相手側と遭遇したらどうするつもり？　『皇帝』を賭けには出せないよ」

聞き手に徹していた張折が、急に挙手した。

「そうであれば、俺は別行動で地方軍駐留地に行ってくる。……俺は、この国の官吏だ。地方軍出動要請を行なえる権限を持っている。どこに助けを求めるにしても、間に合うか否かは賭けだ。尽くせる手は尽くそう」

救援を求めるのに、距離があるのは、どこであろうと同じだ。賭ける価値がないわけでもない。船を降りた後、この集団で固まったまま動くより、少しでも助かる可能性がある道を選択すべきだ、ということらしい。

献策した翔央と張折が、叡明の最終判断を待つ。場の視線が、叡明に集中した。

「……そうですね。ここは、張折先生が正しい。尽くせる手は尽くしてみよう。西金で船を降りないにしても、郷兵を頼むのはありだ。商人の私兵も多い。彼らに、西金に来る、もしくは待ち構えている兵を抑えてくれるだけでも効果は大きい。この中では、冬来が、一番機動力がある。すでに到着している場合も相手に悟らせずに行動できる。でも、冬来だけだと郷兵は動かせないから、僕が同行するよ。おあつらえ向きに、出立式列席用の正装だ。白虎紋の衣装で、眼帯付きなんて、いまの相国で白鷺宮しかいないでしょう?」

叡明もまた別行動を提示する。それは、同時に翔央と張折の別行動を容認したことでもある。ここで、翔央が現在地を確認するように首を巡らせてから口を開く。

「叡明、もうひとつ、賭けに出ておこう。この船は俺たちを降ろしたら対岸へ向かってもらう。西金近くの対岸に龍貢軍が陣を構えているはずだ。龍貢軍ならば、先日の件で相国内に公式に兵を入れている。その許可を取り上げていないから、問題ないだろう。ついでに、そのままこの船を使って相国側に渡ってもらえば、それなりの数の兵を送り込んでくれるだろう。……何遼、巻き込んですまないが、頼まれてくれるか?」

翔央が近くで方針会議の行方を見守っていた何遼に声をかける。

「もちろんです、我らが相国皇帝陛下。どんな場所であろうと大量の荷を運ぶのは、本業にございます。お任せください」

何遼がその場に跪礼した。さすが運送業、安心させる返答だった。

翔央が場の全員の顔を見渡してから、方針会議を終わらせる。

「これで方針は決まった。この船が対岸に向きを変えられる広さが確保できる場所で降ろしてくれ。いいか、ここからは時間勝負だ。無駄なく動こう。いくら夏の夜は訪れが遅くても、俺たちの都合のいい時間に暗くなってくれるわけじゃない。夜になってしまえば、見つかるわけにいかない俺たちのほうが、圧倒的に不利になるからな」

そう言って天を指さした翔央の頭上で、夏の太陽は、すでに南天を傾き始めていた。


遠目に西金港を見て、船はさらに白龍河を上った。河幅が狭くなり始めるギリギリの位置を狙って船を止めて、大型輸送船が緊急用に乗せている小舟を借りて陸に上がる。

正確な現在位置を知るために、蓮珠たちは白龍河の岸に沿って敷かれた街道に出ることにした。だが、あと少しのところで殿を務める冬来が鋭い声を上げた。

「皆さん、街道わきの林の中に隠れてください」

皇帝姿でありながら集団の先頭を進んでいた翔央が足を止めると、その場にしゃがんで地面に耳を寄せる。

「音からすると騎馬だな。小隊規模じゃない。もっといる」

翔央の言葉に反応した叡明が、すぐ頭上を見た。

「白豹」

声掛けに、木々のどこからか返答がある。

「はい」

「この人数だ、街道からもう少し下がる。騎馬隊の様子を見てきて」

言うと同時に集団の移動を開始させる。

「承りました」

林の奥に入っていく途中、蓮珠は驚きを口にした。

「……白豹さん、いたんですね」

ところが驚きに共感してくれる声はなかった。

「そりゃ、いないわけないだろう」

叡明に至っては、呆れた声を返された。どうやら、この場のほぼ全員が、そちら側のようだった。助けを求めるように明賢のほうを見れば、ありがたくも蓮珠に同意する目を向けてくれる。どうやら、『白豹に気づかないなんて非常識』と、一人責められることからは、免れられそうだ。

翔央は翔央で、蓮珠の左右を固める二名に声をかける。

「紅玉、魏嗣。あっちは白豹に任せるから、おまえたちはこの周辺を見てきてくれ」

無言で頷いた二人が離れていく。今の短い命令だけで、わかるのだから、やはり二人も『そちら側』なのだ。いまこの場で完全な戦いの素人は、おそらく蓮珠と明賢だけだ。その発言はともかく、まだ子どもの明賢は、『仕方がない』の範疇に入るが、蓮珠は単なる足手まといでしかない。皇后衣装で歩くのも体力を削られる。

「あの……侍女が放った伝書鳥の報せを受けて栄秋から騎馬を出したにしては、早すぎませんか？」

来るのが早すぎるという文句を込めて冬来に尋ねれば、こんな時でも冷静に返してくれた。

「例の威皇后を捕まえる特別部隊かもしれないですね。元々威国方面に兵を向かわせていたという話なら、この状況も納得できます」

冬来の納得とは逆に、叡明は『龍義の思考は到底理解できない』とため息をつく。

「けど、こちらに向かってきているのは、小隊規模の騎兵じゃない。もし本当に特別部隊だとしたら、龍義は、冬来一人を捕まえるために、いったいどれくらいの兵をつぎ込んだんだ？」

私怨で中隊規模の兵を出したのだろうか。やはり、最大の不安要素は、龍義だ。考えていることが、まったく理解できないから、叡明をもってしても動きを予測しにくい。

「ある意味、最強の武将ですよね」

「最凶の間違いだろ？」

双子が声をそろえて皮肉を言った。こんな時だが、ほんの少し心が和んだ。

と、突如、頭上から声が落ちてくる。

「主上、戻りました」

白豹だった。どこまで見てきたのだろう、行って戻ってくるにしてもかなり早い。

「街道は、ここよりも北まで塞がれています」

相手側の動きのほうがさらに早かった。

「……北までってことは、ここから西金方面もすでに兵がいるのか」

叡明が呟きつつ、思考を巡らせている。すでに西金方向からこの北まで兵が街道を塞いでいるなら、叡明が西金の郷兵を動かしに行っても遅い。追っ手を西金で抑えることにならないからだ。

「数からいって、龍義軍だけではないな。伯父上が騎兵を出した目的はなんだ？」

翔央が首を傾げると、叡明が苛立ちつつも思考を巡らせる。

「……今はそれを考えるより先に動くよ。この際、街道を使うのは、やめよう。例の乾集落の者たちが使った山道はどうだろうか?」

片割れの提案に、翔央が即時決定を下す。

「よし。まずは街道を離れて山道に入ろう」

言うや否や、翔央が蓮珠を、冬来が明賢を小脇に抱えて林の中を走りだした。

第六章

小暑・末候の五日目・昼

街道といっても、大きな街の街門の外はどこも石畳など敷かれていない。ただ、人や驢馬、その荷車が繰り返し通ることで踏み固められた土道でしかない。街道の左右には木々が生い茂り行く手を遮るし、地面は木の根が歩みを鈍らせる。林の中といっても、人の手が入っていないから、木がまばらな場所もあった。歩きやすいが、頭上を遮るものがないのは、夏の午後にあまりいいことではない。

「この人数は目立つな。高台から見られたら一発だ。早いところ分散したほうがいい」

張折が頭上を木々に覆われた場所で一旦全員の足を止めてから、提案する。

翔央、張折がそれぞれに支度をはじめる。翔央も出立式用の衣装をまとっている。それを感じさせない動きを見せているところが、鎧を着こんで鍛えてきた元武官の証かもしれない。

「貴人女性と子どもの足では山中の移動は、厳しい。できる限り、動かないこと。必要な時は迷わず動くこと。この二点を頭に刻んでおいてくれ。……紅玉、魏嗣、威皇后と雲鶴宮を頼むぞ」

皇帝という最高位の貴人が完全単独で行動していると、威公主にたどり着く前に足止めを食らう可能性が高いため、翔央には秋徳が同行することになった。さらに……。

「父上、本当に大丈夫ですか？　かなり急ぎますから、きついですよ」

翔央の威公主への救援要請には、先帝も同行することになった。

「問題ないよ。僕が若い頃は、まだ威国との戦争が激しかった。幾度、呉太皇太后……当時は皇后だったけど……に戦地に送られても、生き残った側だよ」

これには翔央も黙るよりないようだ。

「この中じゃ、実際の戦場に立ったことがあるのは、先帝陛下と小官ぐらいでしょう。ご一緒に何度か山の中を逃げ回っていただきました。脚力が多少衰えても、この手の状況で歩き回る勘は衰えてないんじゃないですか」

張折が太鼓判を押す。

「翔央は威公主とその部隊と一緒に、ここに取って返すでしょう？　その先にいる威国の部隊にも声を掛ける役が必要になる。賭けに出るにしても、手駒は揃えないと。相手は、戦い慣れした大陸中央の騎兵なんだ。馬が少ない相国は、最初から不利だよね。だから、こちらも馬の扱いになれた騎兵をより多く呼ぶよりない」

先帝が元武官の息子をやんわりと諭す。戦う人の印象はあまりなかったが、先帝が威国との戦争を、ようやく停戦に持ち込んだのだ。それまでは、当たり前のように戦争中であり、その中を生き抜いてきた人だった。

「じゃあ、小官は地方駐留軍に話をつけてきます。道すがら、郷兵を頼めそうな街には声かけていくようにします」

「その……郷兵や地方駐留軍に救援を要請したとして、現状の相国で、龍義軍や華国軍の軍事行動に対して反撃は可能なのでしょうか？」

蓮珠は、ここを離れる翔央の衣装を整えながら問う。

「公式な禅譲前だ。郭家はかろうじて皇家として国に保護される範囲にある。相国東側の郷兵は、山の民の問題で小規模集団相手の戦闘には多少慣れている。それは、地方駐留軍も同じだ」

地方駐留軍は、相国を四つに分けた路ごとに置かれており、相国東側で西金より北のあたりは虎麓守備隊の範囲になる。

「俺は、まず白渓に向かう。軍の管理地で、地方駐留軍のうち、虎麓守備隊の一部が駐留している。虎麓守備隊の本拠よりは近い。本拠ほどには人がいないが、少なくても小隊の二つぐらい出してもらうことは可能なはずだ」

白渓の名が出て、蓮珠は張折のほうを見る。

「張折様、ここから白渓を目指すなら、地元の者しか知らない道が一本あります。街道を塞がれていても、そこは使えるはずです」

蓮珠は急ぎ地図を借りて、張折に地図上は道として描かれていない白渓への最短経路を示した。

「元々は山中の狩猟用の道だったのかもな。さすがは元地元民だ」

「この状況で自分が役立てるとしたら、このあたりの地理感覚だけです。……その道は、わたしが翠玉を連れて白渓から離れるときに使った道です。見つからずに白渓につけることを保証します」

「あのあたりか……。白渓と繋がる細い道までは馬車も通れる。十年以上前の話だけど、そこも追っ手を避けられる道であることを僕と翔央とが保証するよ」

叡明の言葉に、翔央が頷いて頭上に声を掛ける。

「白豹、張折先生が乗る馬の確保だけ頼む。街道を塞ぐと言っても俺たちの捜索である程度、ばらけて動いているはずだ」

「御意」

白豹が場を離れたのが、先帝にはわかるらしい。双子のほうに向き直ると、すぐ次の動きに出るよう促した。

「これで張折一人が抜けたとしても、敵の目から隠れるには、まだ頭数が多いね。我々もさっさと出発するとしよう。地元民ではないけど、君たち二人が都に戻るのに使った道以外にも、国内でも一部の者しか知らされていない緊急逃走路はいくつかあるし、この頭には入っているよ。その中には、威国方面へ最短で向かう道もある。本来は威国方面から逃げて来るためのものだけど、逆に使っても問題ない。……叡明は、そう使ったことがあるんじゃないかな？」

からから笑みで、先帝が叡明に話を向ける。

「ありますね。冬来が相国に来た時に、翔央に後を任せて迎えに行きました」

どうやら身代わりの最初の時のことらしい。

「叡明、その緊急逃走路とやらに、このあたりから西へ向かうものはあるか？」

翔央の問いに叡明が蓮珠の手元の地図を覗き込む。

「あるね。……それも、太祖が大陸中央からこの地に逃げてきた時に使ったとされている由緒正しき細道が、ね」

「なら、おまえは冬来殿と二人で楚秋府へ向かってはどうだ？　西金は近いが、状況的に頼るのは厳しいだろう。ここまでくると威国経由で凌国へ入るのも、楚秋府へ向かい西海から南海に入り凌国を目指すのも時間的には変わらないはずだ。俺の身代わりは国内向けの顔見せで、それは出立式で十分だ。公式な禅譲は、本物の相国今上帝であるおまえさえ凌国にたどり着けば、俺が居ても居なくても行なうことが可能だ。だから、少しでも早く凌国に向けて出発したほうがいい」

たしかに、いまさら白龍河を下って凌国に向かうという話にはならない。楚秋なら国内外に穀物を送る海用の大型輸送船があるし、海賊対策で鍛えている水軍の護衛用軍船もある。確実な禅譲を考えるなら、むしろ積極的に選択したほうがいい策かもしれない。

叡明なら、すぐに最善手として採用するだろうと、彼のほうを見たが、なぜか俯いた。蓮珠の位置からは、その口の端に微かな笑みを浮かべているのがわかる。

「僕さえたどり着けば……ね。そういうところだけは、思考が柔軟だよね。普段は頭固いのに」

叡明に特有のぼそぼそとした声で皮肉を言う。

「叡明、真剣に考えてくれ」

翔央が咎めると、叡明がようやく顔を上げた。

「大丈夫、僕の頭はちゃんと回っている。君の案を採用して、僕は冬来と西へ向かうことにするよ。冬来もそれでいいね？」

冬来が頷くのを確認してから、叡明が朝議の玉座からの声と同じ調子で方針を示す。

「……さあ、方針が決まったんだ、さっさと分散しようか。陶蓮、君は明賢と身を隠して待機だ。守りとして紅玉と魏嗣を置いていく。ここからは、戦力にならない者を連れ回すのは危険すぎるからね。元地元民の君には、いざとなったら、地図にない道を明賢の手を引いて逃げ切ってもらえると期待しているよ。だから、その時までは、紅玉と魏嗣の言うことに従って動くように」

まさかの釘刺しだった。厄介ごとを引き寄せる人間は、大人しくしていろ、ということだろう。蓮珠は素直に『承知しました』と返した。

「翔央は、父上の知っている道を使って当初の目的通り威国の国境を目指して、威公主に援軍要請を。この場に冬来が居なくても、陶蓮が危機的状況だって言えば、彼女はすっ飛んでくるだろうから」

想像がつく。ありがたいことだ。

「父上は、予定どおり翔央に同行し、救援要請を頼みながら元都に向かってください。父上がおっしゃったように、翔央はどれほどきつく言っても威公主とここへ戻ってきてしまうでしょうから、父上には一足先に威国の都城に入って、威首長に冬来を一旦凌国に連れて行く件で頭下げといてもらいたいので」

いいのだろうか。今上帝が先帝に『頭下げといて』とか言うのは。

「承ったよ」

先帝側に気にしている様子がないので、いいらしい。

「秋徳、君は父上の護衛として、元都に向かってくれる？　翔央の次に、お付きの太監が必要になるからね」

　珍しく叡明が秋徳に命令を出す。

「御意」

　秋徳の返答に頷いた叡明が、なにかに気づいたように先帝に向き直る。

「父上。秋徳をつけるのは、元都入りする際の威儀の問題なので、己の身は極力己の力でどうにかしてください。……父上は、実際の戦場に立っていた最後の皇帝なのですから、逃げ道を知っているだけじゃなく、ある程度の自衛も可能なのでしょう？」

　戦力にならない蓮珠は、紅玉と魏嗣に大人しく守られているように厳命され、先帝は戦力になるのだから秋徳に守られていないで、しっかり動くように言われるわけだ。

「あくまで、ある程度だよ。……密かに、腕を鈍らせないようにしていたそれを披露するのは、相応の相手にだけ、だから」

　どれだけにこやかに言っても、この場の全員が、明賢までもが、諫める顔になる。

「その相応の相手に遭遇しないためにも、速やかに元都へ向かってください」

　叡明の圧が怖い。だが、先帝の口の端に浮かんだ笑みのほうが、はるかに怖かった。

「………アレが、自らこちらに来るの？」

　大陸広しといえども、華王を『アレ』と呼べる人は、先帝以外には居ないだろう。

「可能性の一つです。華国軍の騎兵の数が、ただの援軍にしては多い気がするので、龍義軍の後ろ盾以上の目的があるのではないかと考えています。その目的が、父上なのか、僕らなのか、あるいは別の誰かなのかはわかりません。あるいは、本人がお出ましになるための準備かもしれない……という程度のものです」

途端に、先帝がつまらなそうな顔をする。

「なんだ、本人は来ないかもしれないのか。じゃあ、大人しく元都に行くよ」

蓮珠は、華王の気性がよろしくないことを良く知っている。だから、華王と先帝を会わせてはいけないという話に関して、華王の側の問題だと思っていた。だが、先帝も相当だとよくわかった。どちらかを抑えればいいわけでなく、双方に問題があるから、両国ともに二人が会わないようにしてきたわけだ。

「なにがどうであれ、そうしていただきます。……それでは、作戦開始だ」

さっさと危険人物を送り出そうという意図が叡明の表情に出ている。

折よく白豹が張折の馬をどこからか調達して戻ってきた。全員がそれぞれの向かう方向に動き出す。

「叡明、凌国で会おう」

冬来と地図を確認する叡明に、翔央がそう声を掛けた。

「…………そうだね。お互い、まだ西王母の元へ行くには早い」

片割れを振り向いた叡明が眼帯におおわれていないほうの目を細める。

「君に聖獣白虎のご加護を」

白虎は相国の聖獣だ。聖獣とは、基本的に皇帝を守護する存在だから、その加護を口にできること自体が、皇帝の特権と言えるかもしれない。


威国方面に向けて出発した翔央は、山の中でも迷いなく進んでいく父の背を見て、この人は本当に戦場を歩いてきた人なのだと認識を改めた。それも相国北東の道に詳しいということは、まだ戦争が激しかった時期にこのあたりに送りこまれていたということだ。

自身に子どものいなかった呉太皇太后は、自分の権勢を維持するために、次々に皇子を皇族の義務としての戦地慰問の名の下に死地へ送り込んだ。戦場では誰が死んでもおかしくないから、呉太皇太后にとって、都合がよかったのだろう。

翔央の父であり先帝である郭至誠は、元々の皇位継承順位が低かった。そのため、ある程度の歳までは、ただ下位の皇子として冷遇されていただけで済んでいた。だが、上位の皇子たちが次々と戦地で不幸な死を迎えたことで継承順位が上がり、呉太皇太后の視界に入ることになる。彼女は最初、至誠を自分の駒になる後継者にするつもりで、呉家の遠縁の娘を宮妃として与えた。それが秀敬の生母だった。

だが、その二年後にはさらに至誠の皇位継承順位が上がり、次期皇帝になることがほぼ確実になってきた。呉太皇太后は、これに焦った。呉家の遠縁の娘では、皇妃になったとしても、皇后の格ではない。あとから入る皇妃のほうが上になる可能性が高い。だが、呉姓の娘が一人入っている以上、呉家からもう一人は出せない。そこで、呉太皇太后は、『宮妃は一人』の慣例を曲げて、自分に近い孟(もう)家の娘を宮妃に入れた。これが、英芳の母となる孟妃だった。だが、ほぼ同時に、呉太皇太后と対立する家からの宮妃も入る。蟠桃公主の母となる丁(てい)妃だ。彼女は、そもそも至誠の幼馴染(おさななじみ)でもあり、至誠も孟妃よりも丁妃と過ごすことが多かった。不利を感じた呉太皇太后が、ここで考えたのが、次期皇帝になる子どもを遺して至誠に戦死してもらうことだった。幼帝の後ろ盾となり、垂簾聴政(すいれんちょうせい)を目論んだのだ。

次期皇帝となることがほぼ確実にもかかわらず、至誠は慰問で戦地を巡り歩くことになる。さらには、その慰問先の戦地で明らかに同じ高大民族と思われる者たちの襲撃を幾度も受けた。それが運の良い誤解を生んで、威国の者に助けられたのだ。敵であるはずの北方騎馬民族に助けられた至誠は、この頃から自分の意志として帝位を望むようになる。

翔央は、父親が皇帝になるまでの半生を、歴史上の話として叡明から聞いてはいた。でも、認識として歴史の話だったから、どこか遠い出来事で、前を歩く父親と結びついていなかったのだ。

やがて、玉座に就いた至誠は、威国との停戦交渉に向けて積極的に動き出した。彼にとって威国は、殺されそうになっていたところを助けてくれた相手だったからだ。それでも、呉太皇太后が存命中は、停戦まで話を進められなかった。呉太皇太后派の権勢が強く、朝議では停戦に向けた動きを幾度も潰された。後宮を絶対的支配下に置いていた呉太皇太后は、至誠の寵姫や皇子・公主を人質に取っている状態にあった。帝位に在りながら、至誠は、呉太皇太后に逆らえない日々が続き、その中で虎視眈々と時を待ち、諦めないことだけを貫いた。

呉太皇太后に逆らえなかった弱々しい皇帝。そう思っていた頃には戻れない。知識として知った話だけが理由ではない。険しい山道を行く目の前の人の力強い歩みが、これまでの見えてなかったものを、翔央に見せつけるからだ。

父の背中を見るのを避けて、翔央は俯きがちに歩く。足元には大きくごつごつとした石がそこかしこに転がっていた。渓谷に急流、その先に小規模の滝がいくつもあるようだ。流されれば、岩に身体を打ちつけることになるだろう。

「このあたりは白龍河と言っても、栄秋周辺とはだいぶ違うな……」

秋徳に聴かせるつもりで、翔央はそう口にしたが、前を歩く人から返しがあった。

「威国との国境になっている龍爪山地と白渓の近くも流れている小龍江のぶつかるあたりには、かなり標高差のある岩場があって、大きな滝もあるんだ。威公主と戻るなら、足場に気をつけて」

振り向くことなく進む背中を追って、翔央も大ぶりの石を踏みしめる。栄秋に長く居ると忘れがちだが、相国は国土のほとんどを高地・山岳地帯が占める国だ。このあたりの風景こそ、相国によくある風景なのだ。

「はい、覚えておきます。……このあたりでも戦闘を？」

問いかけてからよくなかったと思う翔央に、父も答えをずらした。

「広大な高原地帯が国土を占める威国の騎馬は、全体的に山慣れしてない。彼らは地の利がない場を戦場にはしない。援軍を頼むにしても、戦いの場はよくよく吟味したほうがいいと思うよ」

意外だ。この人にここまでの戦う者の印象はなかったのに。

「戻る時もこの道を使うといい。このあたりから、さっきまで居た場所が見え……」

父の足が止まる。俯き歩いていた翔央が顔を上げると、父は斜め後方を見つめて、表情を険しくした。

「あの動きは……。まずい、明賢たちのいるあたりに向かっている」

その呟きに、翔央も斜め後方を見る。高い場所からは眼下に街道が見える。そこだけ木がないので、騎馬の動きが見えた。どこかに向かって、街道の上下から騎馬が集まってきている。

「……秋徳、父上を威公主の元まで送ってくれ。俺は戻る」

「翔央様！」

秋徳が引き留める声を背に、すでに来た道を戻り始めた翔央に、父の声が投げかけられる。

「翔央、威公主の救援が到着するまで、なんとか持たせなさい！」

よく通るその声は、足止めすることなく、背中を押してくれた。

武官の道を進んだ翔央は、父の朝議での姿を知らなかった。こんな声で、玉座から官吏に指示を出していたのだろうか。自覚はなかったが、自分のよく通る声は、父親譲りだったらしい。

「はい！　威公主に『陶蓮が危機的状況』だと伝えてください！」

ぜひとも、すっ飛んできてほしい。できるなら、翔央もそうしたい。敵の動きが俯瞰できる距離となると、かなり遠いのは、わかっている。それでも、どうか間に合ってくれ、そう祈りながら、翔央は急いだ。

戦いにおいて、数の不利は敗北の大きな理由になる。

蓮珠と明賢、二人を守る紅玉と魏嗣。四人に対して騎馬は見えるだけで二十を超えていた。圧倒的な数の差だった。

「囲まれましたね。……芸術的なまでに囲んできたところを見ると、おそらく高台から見ている者がいたんでしょうね。さて、紅玉殿、どう抜けますか？」

短い間のこととはいえ、仕事中は常に自分の傍らにいた副官だった。だから魏嗣が冷静になることを意識しているのが、蓮珠にはわかる。

「すでに距離を詰められています。交渉時の隙を突くよりないですね」

紅玉も強行突破を優先にしておらず、相手の出方を見ていた。

「交渉中に隙を誘えば、いけますか？」

蓮珠が二人の会話に割って入る。状況は大人しくしている場合ではないところまできている。

「龍義軍に囲まれたなら、交渉すべきは『威皇后』でしょう」

覚悟を持って、腕の中に包み隠していた明賢から、そっと離れた。

が、すぐに引き戻される。見れば、明賢が蓮珠の腕をがっちりと抱き込み、蓮珠を見上げている。

「下がってください、義姉上。騎馬が掲げる赤い国旗……華国軍が相手なら、交渉に立つべきは、僕のほうです」

この場で最も冷静だったのは、最年少の彼だった。

「この先の動き方が変わるので教えていただきたいのですが、なぜ、明賢様が？」

魏嗣の疑問は、紅玉の疑問でもあり、もちろん蓮珠にとっての疑問でもある。

「……華王の目的が、『僕を手に入れること』だからです」

目的の内容に驚くも、さらなる疑問が出てくる。

「どうして、明賢様を？」

明賢は、今度はなにも答えず、蓮珠の腕を抑え込んだまま、取り囲む騎馬を睨む。そして、そのうちの一騎にだけ話しかけた。

「この場にいるこちら側の者の無事を保証するのならば、僕は自らの足で華王の前に進み出てもいいですよ」

話しかけられた騎乗の男が破顔する。

「それは、大変ありがたいお話ですね」

彼が騎馬を降りて片手をあげると、取り囲む騎兵の半数以上が同様に馬を降りた。この場の華国軍を指揮する立場の人物らしい。明賢は、それを知っていて、彼に声を掛けたようだ。

「我ら、華王陛下の命を受けて、明賢様をお迎えにあがりました。ほかの方々がどちらに向かわれようとあずかり知らぬことにございます。また、我らが陛下より、明賢様をお連れする際には、お望みにできる限り応じるように、とのお言葉もいただいております。見たところ、お付きの者は護衛を兼ねていらっしゃるようだ。こちらより馬を二頭お渡しいたしましょう」

威皇后と護衛二人は、明賢をこの場に残し、馬でどこにでも行けという話だ。

「そんなこ……」

蓮珠が反論しようとしたところで、より大きな声に遮られた。

「勝手に決められては困る。龍義様は、この女を連れてくるように仰せだ！」

龍義側の者が抗議の大音声を響かせた。あたりの木々に止まっていたらしい鳥たちが激しい羽音を立てて飛び去って行く。龍義側の者が恫喝して自分の主張を通そうとしているのはわかる。だが、これでは、この周辺に対して、いまここに居ますと報せているようなものだ。龍義側の者を呼ぶ意図もあったのかもしれないが、おそらく華国軍側の騎兵も呼び寄せてしまっている。この場の半分以上が馬を降りて、明賢に礼をとったところから、実のところ、龍義が出した威皇后狙いの特別部隊より、華国軍提供の騎兵のほうが、数が多いのではないだろうか。

それを示すように、華国軍側の騎兵は、恫喝にも冷静さを崩さない。戦いにおいて、数の有利は勝利への確信を強め、心の余裕を生むものだから。

「我らは華王陛下の配下。龍義殿の言いつけを守る義務はないですな」

これに龍義側が猛抗議する。

「貴様、たかが一兵卒が、龍義様を『殿』などと！　ふざけるな！」

そこからは、こちらの様子など見向きもせずに、この場でどちらのほうが立場が上なのか言い合いが開始された。

蓮珠の腕を抱き込んだままの明賢が、小声で呟く。

「義姉上、いいですか、下手に口を挟んではいけません。話を向けられても、時間稼ぎになるように返してください。この騒ぎを聞きつけるのは、龍義軍側や華国軍側だけじゃない。……貴女なら、それができますよね？」

どうやらこれは、元官吏の陶蓮珠への命令らしい。蓋頭がない今、本来であれば、蓮珠は威皇后の身代わりとしてさえ、役立たない。威皇后だと思い込んでいる龍義軍側と、その龍義軍側を見て、蓮珠を威皇后だとみなしているだけで、話の流れから行くと明賢にしか興味のない華国軍側の、両方の誤解によって蓮珠はこの場で威皇后たり得ている。

「承知いたしました。二者間の調整は、わたしもわたしの元副官も得意にございます」

蓮珠の言葉に、魏嗣が「陶蓮様のご随意に」と、あえて官名を口にして、楽しそうに笑う。十年以上も下級官吏だった時間に比べれば、上級官吏として行部に居た時間は短い。それでも、あのあまりにも多忙な部署で、あらゆる部署間の調整を行なってきた経験は、色濃くこの身に刻まれている。

「頼らせてもらいます。……僕だって、本音はあの人の前になんて立ちたくない」

明賢が力なく笑う。華王の目的の裏にある理由はわからない。それでも、まだ幼い『義弟』が、華王の前に立ちたくないというのだ。それを叶えるのが『義姉』というものではないだろうか。たとえ、この場の人々の盛大な誤解によるものであっても、ここにいる蓮珠は『威皇后』なのだから。

「大いに頼ってください。わたくし、貴方（あなた）の義姉でございますので……」

一年近く、威皇后の身代わりとして、周囲を偽る日々を過ごしてきた。いや、一年どころではない。蓮珠は、翠玉が誰かを知りながら、ずっと姉妹として生きてきた。物心ついた時から、嘘（うそ）が蓮珠の根幹を支えてきたのだ。

「この偽りまみれの身にて、我らの待ち人がいらっしゃるまで、うまく立ち回って見せましょう」

誰よりも多くの人々に嘘をついてきた蓮珠にとって、騎兵の二十人程度、騙せないわけがない。

蓮珠は、言い合いをする龍義軍の武将と華国軍の武将に聞こえるように盛大なため息をついた。彼らの視線が集まるのを待ってから、半歩前に出る。

「まだお続けになりますの？」

絹団扇（うちわ）で口元を隠し、再度ため息を聞かせる。

「呆れるほど不毛な罵（ののし）り合いですこと。お二人とも大きなお声でこの場に人を呼び寄せ、相手を圧することしかお考えでないから、どれほど中身のない言い合いをしているかご自覚がないのでは？」

蓮珠は、渾身（こんしん）の笑みを作って、先ほど明賢が話しかけた華国軍の武将のほうを見た。

「……それと、華国の方。騎馬は三頭用意を。威国公主であったわたくしが騎乗できないわけがないのですから。あと、駄馬は受け付けません。わたくしが騎乗するに相応（ふさわ）しい馬でお願いできます？」

一瞬の沈黙のあと、全体から怒号が上がった。

これでいい。代表同士が大声で罵り合ったところで、声が届く範囲なんて、たかが知れている。気性が荒っぽい騎兵たち二十人余の声は、周辺にかなり響いているはずだ。さらに、一度全員の口が開いてしまえば、双方の代表だけが言い合っていた状態も、全体がため込んだ言葉をぶつけ合う状態に移行する。

「見苦しいこと……」

集団に侮蔑の視線を向けて、前に出た半歩分を戻ろうとすると、龍義軍の代表が大声を上げた。

「ふざけるな。行かせるか！」

場の混乱に乗じて逃げると思われたようだ。猛然と蓮珠に詰め寄ってくると、絹団扇を持った手に掴みかかってきた。

女性の手首を掴むのが龍義側の定番なのだろうか。蓮珠は龍義の時と異なり、完全に掴まれる前にこちらから手首を掴んで遠慮ない力で捻った。

「な、なにをする」

龍義軍の武将が慌てて手を引っ込める。これは留めずに逃がしていい。勢いで掴みかかれば、やり返されるのだと相手がわかれば、十分効果はある。やり返されないように掴みかかってくるときは、準備段階の動作が入るから、紅玉や魏嗣にも防ぎやすくなる。

「先ほども申しましたように、わたくし、威国の公主でございました。物心つけば、馬と武器を与えられ、戦場に出ておりましたのよ。護身術ぐらいで驚かれることに、こちらが驚いてしまいます」

実際のところは、相手が思い切り油断して単調な軌道で手首を掴もうとしてきたからできたことではある。もちろん、それを教えることはない。

「栄秋港では、龍義殿にも同じことをして差し上げましたが、驚かれはいたしませんでしたよ。……まあ、あの方の場合、わたくしの技量を、身をもって知っていらっしゃるからかもしれませんが」

龍義が白公主だった頃の威皇后相手に手痛い敗走を強いられたことが、どこまで知られているかはわからないので、栄秋港での一件のオマケぐらいの言い方に留めておく。

「この下賤(げせん)な異民族の女が、調子づきおって……」

かつて高大帝国に蔓延(まんえん)していた高大民族中心主義の典型のような言葉だ。

「愚かしいこと。貴方がどう思おうと、わたくしが四方大国に数えられる国の公主であることには変わりませんよ。たかだか、右龍(うりゅう)軍の小隊長がなにをおっしゃいますのやら」

特別部隊を任されるぐらいだから、実際は小隊長ではないのかもしれないが、ここは、きっちりと身分の差を印象付けておく。

「右龍……だと？　なにを地図も読め……」

鼻先で笑う龍義軍の武将を、遮って笑い返す。

「ええ、右龍で合っております。わたくしは威国の者。威国の地図上、大陸北方から大陸中央は下にございますので、右龍が龍義殿になります。……右龍だ左龍だと名乗ったところで、その程度のこと。もっとも、龍義殿は、すでに大陸中央にすらいらっしゃいませんから、右も左も冠するに値しませんね」

多少お上品に聞こえる皮肉の応酬は、後宮皇妃の得意分野だ。お茶会を中心に雛型となるやり取りはたっぷり聞かされてきた。これくらいの皮肉なら、蓮珠には、あと二刻は続けられる。

「さすが鬼の如き……」

蓮珠の意図がわかっていて、相手の動きだけ警戒していた魏嗣が小さく呟く。若干楽しそうだ。こちらは、作った笑顔で頬がつりそうだというのに。

もっとも、龍義軍の武将は、皮肉の応酬には向いていなさそうなので、すぐにでも終わらせようとするだろう。さっきの件があるから、怒りに任せて手を出すことは、避けるはず。そうなれば、さらなる大声で恫喝してくる。その声、最大限に利用させてもらう。

「口の減らない女だ。交渉など有り得ん！　そっちはガキを、こっちはこの無礼な女を連れて行けばいいことだ」

「……それは、『龍義殿が華王陛下を怒らせてもかまわない』ということで、よろしいでしょうか？　華王陛下は、わたくしの義弟の願いを聞き届けるようにおっしゃられたのですよ。それをあなたが覆せば、ご自身の命令を蔑ろにされたのですもの、華国の方々だけでなく、龍義殿のこともお叱りになるのでは？」

龍義は華王を心酔している。龍義軍の者たちもそのことを嫌というほど理解しているはずだ。ここは、龍義が自身の命令より、華王の命令を優先させるのではないか……という考えに持っていくことが大事だ。

「なにより、華国軍の後ろ盾なしに、今の龍義軍が大陸中央の覇権を握ることが可能なのでしょうか。小隊長殿、逆らう相手は、よくお考えになったほうがよろしいですよ？」

最後の一押しに、蓮珠が煽る。瞬間、紅玉と魏嗣が蓮珠を下げて、庇った。

龍義軍の武将が手を出そうとしたのかと思った。だが、それとは思えない感覚が、蓮珠を素直に紅玉の後ろに隠させた。

「華国軍の後ろ盾なぞ要るものか」

その声に蓮珠の全身が震える。この場の騒ぎに呼ばれたのは、龍義軍や華国軍でなく、ましてや、相国の援軍でもなかった。龍義本人を呼び込んでしまったのだ。

場の力関係が瞬時に変わる。いくら華国の武将でも、龍義本人に強気には出られない。集団の背後から割って入ってきた龍義は、自軍の武将の前まで来ると、汚らわしいものを見る目で吐き捨てた。

「大声で罵り合いとは醜いことだ。聞くに堪えん。そのような者たちが、我とともにあの御方に侍る資格はない。失せろ」

あまりのことに龍義軍の騎兵全員が呆然としている。なんて解任理由だろうか。彼らでなくても理解できず立ち尽くすよりない話だ。

「……貴様らも、だ。あの御方の近くに、美しくないものは不要だ。汚らわしい華国軍の後ろ盾も不要だ。この場は我が引き継ぐ。どこへなりとも行って、あの御方からの処分の沙汰を待つがいい」

これは、華王を上回る考え方の持ち主のようだ。歪んでいることは、わかっていたつもりだったが、自分に都合のいい解釈をする人物という評価の範疇をさらに越えてきた。

罵り合う兵は、自軍だけでなく華王軍の騎兵であっても、華王に仕える者としてふさわしくないから、彼らが持ってきた華王の命令も、彼らが執行する資格がない。故に、自分が代わるなどと……。

「理解が……追いつかないんだけど」

明賢が蓮珠の腕にしがみつき、震えている。

「ご安心を。これは、理解しちゃダメなやつです、絶対に」

理解を超える存在に、人はどうしても怯（ひる）んでしまう。だが、この場の主導権を、龍義に持っていかれるわけにいかないのだ。あと少し、ここに留まる時間が必要だ。

「もとより、すべての交渉は決裂です」

蓮珠は、紅玉と魏嗣の前に出た。

「わたくしは、貴方に従う義務がございません。義弟は、まだまだ十歳にも満たぬ子どもです。父母の了解、および信頼できる大人の同行なしに、遠出はさせられません」

先ほどまでとは違う、威皇后の顔でも、上級官吏の顔でもなく、下級官吏として窓口に立っていた頃の顔と理屈に切り替える。

理解を超える存在には、とてつもなくわかりやすい理屈をぶつける。正直、明賢ほど年相応の子どもっぽさからかけ離れた存在はいない。蓮珠も十分それがわかっているが、ここは幼子の取り扱い方という共感を得やすい話に持っていきたい。龍義本人にそれが通じなくても、まっとうな感覚を持つ騎兵たちは、同調しやすい蓮珠の話に意識が引き寄せられる。場の空気を龍義に一極集中させないための賭けだ。

「失礼だが、龍義殿では、幼子のお相手は難しいでしょう。当初の予定どおり、我ら華国軍がお連れいたしますので、自軍のことだけに集中していただけますかな」

なんとか、華国軍の武将が持ち直した。蓮珠は心の中でだけ、彼をおおいに応援する。栄秋港の一件からしても、龍義は膂力がある人物ではない。とっさに手首を返した程度の蓮珠の力に掴んだ手を離さなければならなくなったくらいだ。だから、華国軍相手に武力勝負はしないだろう。だが、現状の龍義は、自軍に命令を出すのも筋が違う事態を自分で作ってしまった。

沈黙数秒、場にいる一部の人間がハッとして構えたとほぼ同時に、騎兵たちの間から悲鳴が上がる。

「なにかいる！　どっちの者だ？」

龍義軍か華国軍の増援兵が駆けつけたか、と思ったが、両方の騎兵が入り乱れている。彼らが連れていた馬も混乱して暴れ出し、立ち上がる土煙に視界を遮られる。

その中から突如、馬が数頭、蓮珠たちのほうをめがけて走ってくる。逃げようとする蓮珠を魏嗣が抑えた。

「魏嗣さん、逃げないと！」

「大丈夫です。いやぁ、無茶が過ぎるのはお血筋だったようで……」

血筋って、誰の？ を問う前に、答えが土煙の中から現れた。

「紅玉、魏嗣、うまく乗れ。明賢と陶蓮は、こっちに！」

聞き覚えのある声。ただし、そこまで通りの良くない声で、蓮珠を官名で呼ぶ。これは、叡明だ。西へ向かったはずの、本物の皇帝が、ここでなにをしているのか。しかも、叡明が居るということは、本物の皇后もここに居るということになる。

「夫婦して『無茶が過ぎる』が過ぎている！」

思わず叫んだ蓮珠のごく近くで明賢の悲鳴が聞こえた。

「兄上？ うわぁっ！」

「明賢様！」

急ぎ声のしたほうに駆け寄ろうとした蓮珠を、魏嗣が、ひょいっと担ぎ上げた。

「なに……をっ！」

蓮珠の身体が、魏嗣の腕から空中に放たれた。担がれただけでも何事が起こったかわからず混乱しているのに、ぽーん、と何の躊躇もなく投げられた。絶句する蓮珠の身体が、誰かの腕に抱き留められた。

「回収した。魏嗣、紅玉、道を開け」

こんな時でも声を張らない人物、やはり、叡明だ。蓮珠は確信した。

「御意」

二人のその応答をほぼ待たずに、叡明は蓮珠と明賢を抱えた状態で馬を直進させた。二人を抱えているせいで両手が塞がっていて、方向を変えられる状態にないのだ。

これでは、いずれどこかに衝突する。蓮珠が正面を見るのが怖くなっているところに、叡明がやや息切れ気味の声で新たな指示を出す。

「陶蓮、並走しているほうの馬に移れ、二人を抱えて逃げ切る馬術は僕にない」

馬術は蓮珠も得意ではない。正直言えば、科挙の実技試験では弓術の次に苦手だった。だが、それを言って断れる状況にないので、なんとか叡明の命令の遂行を試みる。

「失敗したら、置いていってください……」

気弱な言葉を口にしてから、体中に力を入れて飛び移る。

騎乗というより、ただ馬の背にしがみついているだけという状態ではあるが、なんとか落馬は避けられた。

「……で、そもそもなぜここにいらっしゃるのですか？」

安堵に弛緩（しかん）した身体を馬に任せ、蓮珠は状況整理の手始めにそれを尋ねた。

「冬来が龍義軍の動きに気づいた。それなりの数の馬が一気に動いているというから、囲

い込もうとしているのがわかった。そうであれば、狙いは『威皇后』だろうと

それで、本来戻る予定になかった二人が戻ってきてしまうとは。

「でも、すぐに戻って良かった。時間稼ぎの限界に間に合った」

反論の余地がない。龍義本人が来てしまった以上、あの場に留まる限界は近かった。

「あの時間稼ぎは、かなりの賭けだったな。張折先生や翔央に居場所を知らせる意図は理解できるけど、両軍の増援以上に、そこに威皇后が居るとわかる怒鳴り合いに龍義本人が来ないわけがない」

考えなくはなかったが、栄秋港にいたから、こちらまでの到着にはもう少し時間があると思っていたのだ。

「計算が甘かったです。申し訳ございません」

「これで、あの男の執拗さを、改めて思い知ったわけだ。……次は、もっと考えなよ」

「は、はい！」

叡明が馬の速度を落とす。

「冬来殿を待つのですか？」

「いや、冬来とは待ち合わせ場所を決めてある。紅玉と魏嗣は、しばらく攪乱に専念してもらうから待たない」

馬を完全に止めると、叡明は馬を降り、同乗させていた明賢を降ろす。

「ここからは歩くよ。険しい山道を行くほうが、騎馬兵を退けられるからね」

蓮珠も動きやすくない威皇后の衣装で、なんとか馬を降りる。これでは、あの場で本当に馬を提供されても、格好がつかないことになっていたかもしれない。ある意味、龍義の登場に助けられた。

「ただの森に見えますが、山道があるのですか？」

先に降りていた明賢が周辺の様子を見まわして首を傾げる。

「ああ。これが、太祖が大陸中央から相国の地に入ってきたときに使った道だ。この道を大陸中央に向けて進むと、ある集落を通ることになる。そこを目指すんだけど……これは、明賢にとって朗報かな」

明賢が勢いよく兄を振り返る。

「もしかして……、藍玉殿の？」

「そうだよ。この道を使えば、威公主の陣より乾集落のほうが近くなる。一時的に逃げ込むことを許されるくらいの恩は売ってあるはずだ。あの集落には、それなりの武器が揃っていることも知っているしね」

叡明は二頭の手綱を鞍に引っ掛けると、走るように馬の尻を軽くたたいた。

「さあ、好きに街道を行け」

背中が軽くなった馬が、軽やかに駆けて小さくなっていく。

「……これで、馬を追ってくれれば、時間稼ぎにはなる。さて、僕らも行こうか」

叡明に促されて、蓮珠は明賢の手を引き、そこが歴史ある道だとは思えない森の中へと足を踏み入れた。

白渓の邑に生まれ、十二歳になるまで邑で育った蓮珠は、どんな山路も苦にならないほうなのだが、その蓮珠からしてもこれは道とは言わない何かだ。人がほとんど通らないのだろう、地面はほぼ全面に草が生えていて、土が見えているところがほぼない。とぎれとぎれに見える土の不自然さが、かろうじて山路の痕跡らしきものに見えなくもない。なんとも頼りない、縫い目の荒すぎる糸でもたどっている気になる。

「ここで……少し……休憩を」

それなりに道を進んだところで、最初に音を上げたのは叡明だった。見た目がどれほど翔央に似ていても、鍛えてきた元武官とは異なり、元引きこもりの歴史学者にして、城内移動は基本御輿の皇帝陛下である。倒れるのではないかと不安になるほど、息が上がってしまっている。

足を止めたのは、木立を抜け、崖（がけ）に近いが道幅がある場所だった。うっそうとした木々の間を歩いてきた身としては気持ち的にも開放感がある。このあたりが一番高い場所なのだろう、遮蔽物はなく、南天を傾いて、なお眩（まぶ）しい夏の午後の陽光が、頭上から降り注いでいた。

蓋頭がなくて良かった。蓮珠は心の底からそう思う。きっと蓋頭を被ったままでは暑すぎて、叡明より先に音を上げていただろう。

「この音、近くに滝があるんですかね。……心なしか、風がひんやりとしていますね」

それほど遠くない場所で、ごうごうと水が激しく流れ落ちる音がする。

「滝、見えますよ！　崖の岩陰になっているけど、本当にすぐそこに！」

明賢が崖のほうまで歩み出て、嬉しそうに報告する。高さを考えると、蓮珠はとても見る気にはならないが、滝が近いなら、崖下のほうは川が流れているのかもしれない。

「……うん。これは、いい場所だな」

ぼそぼそ声が、今はさらにかすれ気味だ。

「主上、大丈夫ですか？」

近くの大樹に背を預け、短い呼吸を繰り返す叡明に、蓮珠は問いかけた。

「陶蓮は、さすが山間の邑育ちだね。……体力があるかどうかというより、山道を歩き慣れている気がする」

「旅人相手に、山の中を道案内して、銅貨をいただいておりました。山歩きには、たしかに慣れています。……明賢様の元気さは、完全に若さですね」

崖の少し先の様子を見に行っている明賢の背中を確認するために、額に落ちた髪をかきあげた。上げた腕を見て、叡明が疲労に途切れがちな声で指摘する。

「……陶蓮、腕にケガをしているんじゃないか？」

見れば、袖の一部が裂けて、少しだけ肌が見えている。細く赤みを帯びた筋がついているところを見ると、木の枝にでも引っ掛けたのかもしれない。

「これだけの木に囲まれた山歩きですから、袖に枝先が引っ掛かったのでしょう。山歩き慣れしていると、逆にこのくらいの傷に気づきにくくなってしまって……」

蓮珠としては、傷よりも衣装の一部が裂けてしまったことのほうに気が重くなる。威皇后用の衣装で、威国内に入ったら冬来に着てもらう予定だったのだ。

「そのままだと良くないね。……そうだ、これでも巻いておこう」

叡明は傷のほうが気になるようで、なにやら思いついたように懐に手を入れると、なにか布を取り出した。

「ちょ、主上、それはこんな傷に巻くにはあまりにも豪華な布ではありませんか？」

少し古そうだが、見た目に派手な金色の絹布だった。

「……陶蓮。僕の地位は？」

「相国の国主です」

蓮珠の即答に、叡明が皮肉を口にする表情を浮かべる。

「その僕が、豪華じゃない布なんて、持っていると思う？」

この人に口で勝てるわけがなかった。

「………思いませんね」

「そういうことだよ。大人しく、腕を出して」

蓮珠は素直に敗北を認め、腕を出した。絹布は皇帝の御手により細く折りこまれ、蓮珠の腕に巻きつけられた。ありがたすぎて震える。

「よし、これで衣装の裂けた部分が広がるのも防げるだろう。……そろそろ行こう」

「はい。ありがとうございました。ちゃんと洗って返しますね」

「それなら、翔央に渡してくれる？　翔央にあげる予定だったんだ」

「承りました」

叡明もだいぶ体力が回復したようだ。明賢を追う足取りが先ほどよりもしっかりしている。もしかすると、この短時間に山歩きのコツを学習したのかもしれない。

「叡明様ならありそう」

自分で言っておいて怖くなる。叡明の背中から視線をずらして巻いてもらった絹布を見る。

「あれ……」

細く折りたたまれて腕に巻かれたその金色の絹布に、蓮珠は、見覚えがある気がした。

「主上、これ」

確認しようと顔を上げた蓮珠だったが、言葉に詰まる。

目の前では、皇帝とその末弟が険しい表情で睨み合っていた。

「明賢、君はもっと頭がいい子だと思っていたよ。ずいぶんと愚かな判断をしたね」

蓮珠としては、本当に頭のいい人に『愚か』という言葉を使われると、自分がどうしようもない考えなしである気になって落ち込むわけだが、明賢は違っていた。

「間違った判断だったとは思っていません。あの場では、僕が交渉の材料を提供するのが最善策だったはずです」

これは、金色の絹布の出所より大事な話だった。

あの場では切羽詰まっていて、明賢の何が、どうして華国との交渉に使えるのか確認している余裕がなかったが、蓮珠が気になっていたことだ。

「だからって、華王の話に乗ってもいいような言動はするべきではなかった。その件は、華王以上に、周辺の者たちが切望しているんだ。軽率な発言は、相手につけこまれる。気がついたら玉座に座らされていたなんてことになりかねない」

叡明の言葉が、蓮珠の中を流れていく。理解が追いつかない。でも、これは先ほどとは違って理解しなければならない話だと思う。『気がついたら玉座に座らされていた』と、叡明が言った。明賢が、華国の玉座に座らされるという話で合っているだろうか。

「そんな……なんで、明賢様が……」

華王が、明賢を華国の玉座に据えることを望んでいるというのか。それも、華王の周辺の者たちに至っては、華王以上にそれを望んでいる。

明賢の生母である小紅が華国から嫁いだからか。だが、蓮珠が聞いた話では、小紅は華王の遠縁の娘ということだった。格別に血が近いというわけではない。血の近さなら双子のほうがはるかに近いのに。理由がわからない。でも、ひとつわかった。華王と華国軍は、やはり翠玉の見送りだけが、目的ではなかったのだ。

華国は、郭家の凌国行きを足止めしたかった。本当に明賢を玉座に座らせるなら、郭家が玉座を禅譲し、明賢が皇族でなくなる前に、華国へ引っ張っていく必要があるから。

「いいかい、明賢が華国の事情を配慮する必要なんてないんだ。華国の後継者問題は華国の者が解決すればいい話だ。明賢は関わるな。君は相国の者なんだから」

「でも、兄上……この国に生まれ育っても、この国の者であるかどうかは、別の話じゃないですか……！」

蓮珠は声が出てしまいそうになって口を押さえた。いまの明賢の言葉が、華国が明賢を欲する理由だというなら。

「明賢様を、華国の玉座に据えようとするのは……」

たどり着きたくない答えへと集約していく蓮珠の思考が、首筋にあたる冷たい感覚で途切れる。

「……そんなこと、させるものか」

憎悪で塗り固められた暗く冷たい声。

「龍義殿……」

視線だけ動かせばそこに、手にした短刀の刃先を蓮珠の首筋に突きつける龍義がいた。振り返ることはできないが、龍義の後ろにさらに人がいる気配を感じる。

「どうして、この道を……？」

問いかけに応じたのは、叡明のほうだった。

「理解した。……我ながら抜けていた。この道は、太祖が大陸中央から大陸西岸に向かった時に使った道だ。大陸中央に、この道の存在が伝わっていてもおかしくはない」

よもや、理性的行動から最も遠い龍義のすることを理解できる人が、相国理屈屋の頂点にいる人物だとは。笑えない笑い話だ。蓮珠は自分が、緊張のあまり、なんとか力が抜けることを考えようとしている気がしてきた。

太祖は政争に敗れて大陸西に逃れたが、当時は高大帝国末期で政治的に混乱していた。単純に太祖がどの道を使って西に向かったのかを知っていても、追っ手を出す余裕が帝国側になかったのかもしれない。ただ、道の存在は郭家だけが子孫に伝えていたわけではなかったようだ。

「誰でもいい、代われ。これではこの女の屈辱に歪む顔を楽しめない」

だいぶ間をあけて、蓮珠の背後に立つ者が代わる。時間がかかったところをみると、龍義の言うことに積極的に従う者はいないようだ。そのことに少しだけ安堵する。これで自分が助かるなんて思いはしないが、龍義軍の兵たちが、総大将と同じ精神構造ではないことには、少し救われた気分にはなる。さらに、龍義と代わった人物は、刃先が首に触れないところまで引いてくれる。

「いかに異民族の者とはいえ、このように後ろから……。こんなことは、戦場を駆けた武将を相手にする所業ではないが、許せ」

その声は、先ほどの場で龍義軍側の代表に立っていた小隊長のものだった。本物の威皇后なら、すぐにでもこの緩くなった拘束を逃れて、龍義の背中を蹴りつけている。小隊長は、威皇后本人を知らず、噂として戦場に出ていたことを知っている程度なのだろう。そうなると、龍義と白公主だった頃の威皇后の過去にあったことも、詳しく知らないのかもしれない。龍義の恨みの強さも、念には念を入れて拘束させたうえで、正面から斬りつけようとする警戒心の強さも理解できていない可能性が高い。これは、蓮珠に有利に働く可能性がある。冬来直伝の護身術で抜けることもできるのでは、そう思って、視線だけ叡明のほうに向けるが、叡明は首を横に振った。

視線を戻せば、屈辱に歪む顔を楽しめる位置に移動した龍義が、長剣を鞘から抜いている。これは、叡明の指示どおり『動かない』が正解だ。背後の武将からだけ逃げればいいわけではない。この場の一番の問題は、龍義をどうするか、だ。

「義姉上を離せ！　華国の後ろ盾を失ってもいいの？」

明賢が前に出たが、叡明が止めるより先に、蓮珠に向けようとしていた剣先を明賢に突きつけた。

「子どものたわごとなど聞くに値しない。……あの御方の後継者は、あの御方と同じく完璧でなければならない。おまえのような小賢しいだけの子どもが、あの御方の後継者になれるはずがない。俗にまみれた周りが馬鹿げたことを言っているだけだ。あの御方の穢れなき御心は、もっと……ほかを向いていらっしゃる」

　もしや、龍義は明賢に嫉妬しているのではないか。華王が自分ではない者を後継者に据えようとしているのが気に入らないということか。

「どっちが子どもなんだか……」

　思わず呟いてしまったが、明賢に意識が向いている龍義の耳には届かなかったようだ。あるいは、この手の言葉は耳に入ってこないようになっているのかもしれない。聞きたい事だけを聞く耳に関しては、華王の後継者を名乗れそうだ。

「なぜ、こんな人が我々の……」

　蓮珠の背後からため息交じりの呟きが聞こえた。蓮珠の言葉に触発されて、本音が出てしまったのかもしれない。蓮珠の背後の武将だけではない、視線を動かして見える範囲にいる龍義軍の誰もが苦々しい表情を隠していない。明賢が言うまでもなく、彼らはすでに華国軍の後ろ盾を失うようなことをしてしまったのかもしれない。この場には、華国軍の騎兵が一人もいないようだ。あの場の戦闘を華国軍側に押し付けて、龍義は威皇后を追いかけてきたのかもしれない。騎兵に馬から降ろさせてまで、この山の中まで追ってきた。そこに、どんな軍事的大義があるというのだろう。この状況は、どう見ても私怨に自軍の兵を巻き込んだだけだ。

　叡明が末弟を庇って、龍義の前に出た。

「それは、自分こそが華王の後継者に相応しいとでも言いたいのかい？　それこそが妄言(もうげん)だ。伯父上の御心とやらは、たしかに一点にしかない。だが、それは未来永劫手に入れることができないものだ。故に、たいていのことは、あの人にとってどうでもいいことで、どんな結果になろうとかまわないことだ。玉座に誰が座るか、もね。ただ、この『どうでもいい』にも範囲がある。その範囲にすら、おまえは入っていないんだよ」

　龍義が明賢に向けて突きつけていた剣を押し退(の)け、叡明はさらに前に出る。首筋に刃先を突きつけられていた蓮珠が言うことではないが、武器を手にした相手に近づきすぎだ。叡明の皮肉もいつも以上にキツイ。いつ、龍義の剣が叡明に向かうか気が気ではない。こんなあからさまな煽り方は、叡明らしくないことだ。明賢に剣を向けたことに相当怒っているのだろうか。

「異常な執着も、もしかして伯父上の真似事(まねごと)か？　それで、同じになれると思っているなら、やめたほうがいい。同じ人間は二人と居ないし、二人も要らない。……どれほど似ていると言われる双子であっても、同じ人間にはなれないんだから」

　少しずつ自分に迫ってくる叡明を、龍義が凝視している。

「……どんな気分だ？　血縁者の中でも、僕ら双子は、特に伯父上に似ていると言われている。わずかなことであっても同一視してしまう傾向にあるおまえが、かすり傷ひとつつくことも許せない存在に剣の先を向けている。その目に、僕はどう映っている？」

ここにきて、それまで身動き一つとれぬまま近づく叡明を凝視していた龍義が、半歩下がった。

「……ち、違う、おまえは……あの御方では……」

「龍義、『おまえ』じゃないだろう？　君には特別に許しているのに、どうして呼んでくれないんだ？」

それは、龍義にとって決定的な言葉だったようだ。半歩どころか、よろよろと後ろに下がっていく。

「あ……あ……」

誘導している。視線を離さずに言葉を重ねながらも、叡明は、ほんの少しずつ右に動いている。龍義は、それと気づかぬまま、身体の向きも含めて、蓮珠と明賢から離れていっている。

「義姉上……」

明賢が小声で蓮珠の腕を引いた。危ないと背後を見たが、龍義軍の小隊長も、叡明と龍義の動きに気を取られて、手に構えていた短刀を降ろしてしまっていた。

　抱き着いてきた明賢が、蓮珠の腕の中で震えながらも、声を上げずに、兄のすることを見つめている。龍義軍の者たちも、叡明に引き寄せられていく龍義を止めようとしない。おそらく、彼らにとっても、龍義が万が一にも明賢を傷つけるようなことがあってはならないから、引き離してほしいのだ。明賢になにかあれば、本当に華国の後ろ盾を失うことになるのだから。いや、それで済むわけがない。華王の意向を無視すれば、華国が敵に回ることになる。

　別動隊がいるとしても、いまの龍義軍は、蓮珠が小隊長に指摘したように、華国の後ろ盾を失えば終わる。誰もがわかっている。龍義軍でも華国軍の者でもない、蓮珠にだってわかるし、まだ十歳にもなっていない明賢にだってわかっていることだ。

　ただ、龍義だけがわかっていない。彼は『華国軍』ではなく『華王』を失うのが怖いのだ。いま、この場でさえ、自軍のことでなく、華王のことしか口にしないほどに。

「違う、違う……。あの御方は、ちゃんと私に目を掛けてくださっている。騎兵を出してくださった、どうでもいいわけが……」

「自分の後継者を、あの子を、迎えに行かせたんだ。君のためじゃない」

　残酷な言葉が、龍義の足から力を奪う。

「やめろ！　やめてくれ！」

ついにはその場にしゃがみこんでしまった龍義を見下ろし、叡明はこれまでとは違う、優しい声で話しかける。

「龍義、君は王の器じゃない。でも、それは君が悪いわけじゃない。生まれてしまった場所が悪かっただけだ、……お互いに、ね。望むと望まざると、玉座に座れと促され、大義を示せ、指示を寄越せと催促されるんだから。その点は、僕も君と同じだから、よくわかるよ。苦しいね、つらいね。もう、君は自分を解放してもいいんじゃないかな？」

龍義の顔が上がる。叡明を見て、明賢を見る。

「同じじゃない……。違う、違う、違う！　おまえと僕は全然違う！　僕は、あの御方になるんだ！　おまえもあの御方に代わろうとするガキも、全部ここで終わりだ！」

龍義が叫んで剣を突き上げた。

「…………あ」

剣は、龍義を見下ろしていた叡明の身体を貫いた。

「……そうだ、ね。僕はお前なんかとは違う。やるべきことをやってきた。だから、これも、僕がやるべきことだ。我が妃のために、弟たちのために、僕がお前の全部を終わらせてやろう」

剣を握る龍義の手を、己の手で上から押さえ込み、叡明はそのまま後ろに身を反らした。そこに岩壁はない。崖の縁、一歩下がることもなく、そのまま背中から落ちていく。

叡明が、龍義ごと崖の向こうへと消える、その刹那。蓮珠は、たしかに聞こえた。

「あとは任せた」

幾度も目にしたあの悪筆の書き置きが脳裏に浮かんだ。今、それを口にした意味を確かめようもなく、何者も居なくなった崖の先を見つめる蓮珠の耳に聞こえるのは、激しく流れ落ちる滝の音だけだった。

第七章

小暑・末候の五日目・午後

「兄上!」

明賢の声が場の静寂を破る。

龍義軍の者も含めて誰もが崖の縁に駆け寄り、下を覗き込む。

「駄目だ、水しぶきで下が見えない」

崖下は、滝つぼから上がる水煙があたりに立ち込めていて、様子がうかがえない。

「何事ですか?」

冬来が木立を抜けて現れた。その後ろから、紅玉と魏嗣も出てきた。龍義軍の人々が、一斉に後ろへ下がる。騎兵相手に見せた三人の立ち回りの衝撃が強かったのか、崖の縁に沿って蓮珠たちから距離を取った。

一方で、その場にへたり込んだままの蓮珠と明賢は、崖の下に視線を戻すも動くことができずにいた。

「兄上が……」

冬来の問いに答えようとした明賢だったが、続く言葉を失って、嗚咽をもらす。蓮珠に至っては、どんな言葉も出てこない。報告しなければならない。そう思って開いた口からは、かすれ声さえ出てこない。

冬来は、崖の縁を這って遠ざかった龍義軍の者たちを一瞥すると、「なるほど。だいたいのところは把握しました」と呟く。

「紅玉、魏嗣。お二人を崖から離してください。危ないので」

冷静に指示を出し、蓮珠と明賢を崖から離した冬来だったが、自身は崖から動くことはなかった。

「冬来様もこちらへ……」

魏嗣がそう声を掛けると、冬来は崖のほうを見たまま、力強い声で告げた。

「わたくしが、叡明様をお助けにまいります。陶蓮殿、後のことは、お任せします」

叡明と同じく書置きの言葉だけを残し、勢いよく崖の縁から、その向こうへと跳躍した。

「…………………え？」

ようやく蓮珠の声が出た。だが、もう遅い。冬来の姿は、崖の上にない。

龍義軍の者たちもその瞬間を見ていて、驚きに声を上げた。

「蓮珠、明賢！　ここか？」

続く事態に、その場の誰もこれ以上動けなくなったところに、翔央が入ってきた。明賢の叫びは、彼にも届いたらしい。威国方面に向かっていたはずなのに、どうしてここに居るのかを問う間もなく、蓮珠も明賢も今度はやるべきことがわかっていた。すぐさま、立ち上がり、二人で翔央がこちらへ来るのを、崖の方向に歩いて来るのを制止する。

「なにがあった？　途中で龍義軍と華国軍の者たちが、だいぶやられていた。冬来殿と見たが、どうした？　彼女がいたなら、叡明も一緒では……？」

応える言葉もなく、蓮珠は全力で翔央の歩みを止めた。それは明賢も同じだった。

「二人は、どこだ？　紅玉、魏嗣もいて、どうしてこんな崖に……」

蓮珠と明賢の無言の制止を、翔央が訝しむ。

「そこに居るのは、龍義軍の者か？　彼らは、なにを？」

龍義軍の者たちが、叡明と龍義に続き、冬来までもが崖の下へと消えたことで、崖の縁から下を覗き込み、騒いでいた。

「駄目だ、龍義様も見えない……、どこか、下へ降りる道は？」

小隊長が周囲を見回しているが、慌てる彼らは翔央に気づかず、龍義の捜索をするために下へ降りる話をし始める。

「待て。今、龍義様『も』と言わなかったか？　まさか……」

衝撃を受けているのは、蓮珠も明賢も同じだ。それも立て続けに冬来までも崖から飛び降りた。それを二人が誤魔化せるわけもなく、無言のまま泣きそうな顔で翔央を崖から引き離そうと押しとどめた。それが決定打となり、翔央が崖に向けて走り出す。

「叡明！」

わかっていたが翔央の力は強く、構えていなければ弾き飛ばされるところだった。

「駄目です、駄目です！　おやめください、兄上！」

身体の小さい明賢が必死に翔央にしがみつく。

「離せ！　叡明を助けに」

翔央がまた一歩踏み出して、明賢がよろめく。紅玉が慌てて抱き留めた。翔央はそれが見えていないようで、ただひたすら崖のほうへ足を踏み出そうとする。

「主上、落ち着いてください！　あんな崖から落ちたら、いくらあなたでも無事じゃすまないですよ。冷静になってください！」

魏嗣が半ば太監の立場を忘れて叫び、必死に翔央を引き留める。

「冬来殿が行かれました。……ですから、どうか、どうかあなただけは、ここに留まってください！」

なんとか翔央を踏みとどまらせようと、蓮珠も彼の腕にしがみついて叫ぶ。

「冬来殿も……」

翔央の身体が、さらに前に進もうとする。

蓮珠たちでは、抑えきれなくなってきたその動きを止める声が割り込んできた。

「おい、どうなっているんだ、この状況は？」

「張折様？」

声に振り返ると、張折が、蓮珠たちの通ってきた道を駆け寄ってくる。

「白渓の兵を連れてきた。龍義軍の連中を蹴散らすように言ったが、あらかた片付いているみたいだな。あれは、冬来殿だろう？　あの二人、楚秋府へ向かっていたのに戻ったのか？　……その上、威国に向かっていたはずのお人もいるが、どういうことだ？」

問いかけながらも、張折は手で合図して、連れてきた白渓の兵に混乱状態の龍義軍の者たちを押さえるように指示を出す。ある者は捕まり、ある者は逃げていく。

蓮珠は翔央から手を離し、張折のほうを向いたが報告の言葉が出てこなかった。どこから話せばいいのか、どこまで話せばいいのか、頭の中がまとまらない。蓮珠が上司への報告さえもできなくなるのは、初めてのことだった。

「魏嗣さん。報告を」

蓮珠は、この場では最も冷静と思われる魏嗣に説明を投げた。魏嗣は崖へ向かおうとする翔央を一人で止めている状態から報告をした。

「……龍義軍に見つかり、囲まれていたところを、楚秋組のお二人に助けていただきました。冬来様を中心に、わたしと紅玉殿で道を開き、主……白鷺宮様が、こちらのお二人と場を離れたんです。ここからは、この場に到着した時の騒ぎからの推測ですが、龍義本人が現れ、経緯は不明ですが……白鷺宮様と龍義が崖から落ちたのだと思います。先ほど、我々と一緒にこの場に着いて状況をご覧になった冬来様が、すぐにおおよそを察して、自ら崖を飛び降りられました。状況把握が遅れ、制止も遅れ……冬来様まで……」

崖のすぐ近くには、大きな滝がある。その滝壺からの水が注ぐ川の流れも相当早いはずだ。流されれば、溺れる可能性が高い。怖いのは水だけではない。このあたりの崖は、下までの高さがありすぎる。少しでも強い風にあおられれば、川でなく地面に叩きつけられることもあり得る。着水してもしなくても、とても無事とは思えない。

「兄上は……龍義に、剣で刺されて……」

明賢が紅玉に支えられながら、とぎれとぎれに言った。それ以上、幼い明賢に兄が崖の向こうに落ちていった過程を語らせるわけにはいかない。蓮珠は、なんとか混乱した頭の中をまとめた。

「叡明様は、龍義に膝をつかせるまで追いつめていたんです。ですが、突如、龍義が立ち上がって、叡明様の身体を剣で貫きました。叡明様は、その自身を貫いた剣を持つ龍義の手を握りこんで、そのまま龍義ごと崖から身を……。冬来様は、状況を見ておおよそのところを悟られて、ご自身が叡明様を助けにいくから、後は任せるとだけおっしゃって、崖下に向けて飛び込まれました」

蓮珠の話を聞き終えた張折が、視線を翔央に移動させる。

「それで、もう御一方は、いったいなにをしようとしていたのでしょうか？」

張折は、この状況でもなんとか言葉を選んでいた。山道を急いだと思われる翔央の衣服は、多少型崩れして汚れてはいるが、それでも皇帝の服だ。まだ、近くに龍義軍の者たちがいる。崖下に飛び込んだのが、皇帝と皇后だと悟られるわけにはいかないのだ。張折の冷静さに、蓮珠は背を正し、皇后の身代わりである自分を取り戻す。

だが、魏嗣がぎりぎり抑え込んでいた皇帝姿の翔央は、ここぞとばかりに自分のやろうとすることの正しさを主張した。

「決まっている。叡明を追う」

目も表情も口調も、この上なく冷静に見える。だが、そう見えるだけで、言っている内容もやろうとしている行動も無茶苦茶だった。

舌打ちした張折が、翔央に詰め寄ると、龍義軍の視線に隠れてその胸倉をつかんで引き寄せる。

「落ち着け、この馬鹿！」

声量こそ落としているが、低く鋭い的確な一言だった。

「離せ、叡明が！」

張折の手をふり払おうとした翔央の腕を、紅玉の腕を離れて駆け寄った明賢が掴む。

「やめてください、兄上！　僕は……もう……誰が落ちていくのも見たくない！」

末弟の訴えに翔央の動きが止まった。

「…………すまない、明賢」

長い沈黙のあと、翔央が弱々しい声で謝罪を口にした。

まだ翔央の胸倉をつかんだままの張折が、少し背の高い元教え子を見上げる。

「これが最善手だ。……あの優秀すぎる教え子が、どんな瞬間であろうとも悪手なんて打つものか。その瞬間、考えられる限り考え尽くした上で、これが最善手だったんだ」

張折の手が震えている。張折もまた、冷静を装っているだけで、胸の内は叡明の喪失の衝撃に耐えられずにいるのだ。

「頼む。……否定しないでくれ。俺の教え子は、いつだって諦めたりしない。最後の最後まで考えて、最善の選択をしたんだ。そのことを、おまえは……おまえだけは、否定しないでくれ」

翔央の左手が張折の手に重なり、右手は明賢の肩に置かれた。

「もう、大丈夫だ。……崖下に降りる道を探そう。二人の捜索はすべきだ」

魏嗣が安堵の息を吐くと、再び険しい顔をした。

「集団が来ます。……龍義軍の増援か、華国軍からの追っ手か」

蓮珠は、すぐに明賢を隠す位置に立った。紅玉は、その蓮珠のさらに前に立って、蓮珠と明賢の二人を同時に背に隠す。

「いえ、……白に金字の旗です。相国の兵が、どうして、ここに……」

紅玉の相国の兵だという言葉に、そちらへ視線をやれば、向こう側から二人、こちらへと駆け寄ってくるのが見えた。

「いらしたぞ！　主上！」

春礼将軍だった。彼に少し遅れて走ってくるのは……。

翔央が突如駆け出す。まさか崖に、そう思って、こちら側に居た全員が手をのばした先で、翔央が叫んだ。

「李洸！」

驚いた李洸が、その場に足を止めて、翔央を受け止めた。

「……主上、どうしたんです？」

長身の翔央が、そのまま李洸の前でずるずると力なく膝をつく。

「叡明が……」

呟きに続く言葉がないまま、場が沈黙する。

　まだ状況を把握できない春礼が、張折を見る。視線を受けた張折は、逆に疑問を春礼にぶつけた。

「春礼、先にどうしてここに居るか説明してくれ。まさか、楚秋に向かった先行部隊に何かあったのか？　龍義側の襲撃か？」

「いや。先行部隊を狙ってきた龍義側の者たちはきっちり楚秋の牢屋に入れてきた。あちらは国政再稼働の準備を進めている。……ただ、李丞相と襲撃が想定より小規模だったという話をしていたところに、張折が、栄秋港で不測の事態が発生し、全員北回りになったと、伝書鳥で手紙を寄越したから、龍義は手元に兵を残していたんじゃないかと思って、少数だが手勢を連れて駆けつけた」

　楚秋のある相国北西部の駐留軍とともに駆けつけてくれたらしい。

「それで、張折。こっちは、なにがあったんだ？　叡明様と冬来殿の御姿が見えないが、一緒ではないのか？」

　友人に問われた張折は、どう説明するかを迷っている表情を浮かべたあと、無言で崖のほうへ腕をのばし、なにもない空を指さした。

「…………………お二人とも、か？」

　春礼が確認する。張折は、ただ、頷いた。その襟首(えりくび)に春礼が掴みかかる。

「これだけの人数が居て、なんでそんなことになったんだ？　その目と腕は飾りか！」

怒声があたりの空気を揺らす。いち早く動いたのは、魏嗣だった。

「お待ちください、春礼将軍。『その瞬間』に張折様はいらっしゃいませんでした。冬来様を御止めすることが出来なかったのは、私の責です」

「止める、とは……どういうことだ？」

春礼が張折の襟首を離し、魏嗣に問う。

「主じょ……、叡明様は龍義とともに。おそらく、相討ちを狙ったと思われます。その直後と思われる状況に、冬来様と紅玉殿、私が到着し、状況から叡明様の居場所を悟った冬来様が自ら……」

「では、お二人とも、ご自身でそれを選択したというのか」

春礼が驚愕に固まる。李洸も呆然と崖のほうを見た。

「お二人が、そんな……」

呟いて、真実か確認するように翔央を見た李洸は、本当のことだと悟ると、表情を引き締め、翔央の前に膝を折った。

「翔央様。酷を承知で申します。いまこの時より、貴方が相国皇帝です」

叡明を失ったことの衝撃に、蓮珠はそのことが頭から抜けていた。皇位継承第一位は、翔央だった。目の前に居るのは、もう身代わりの皇帝ではなく、相国皇帝その人だ。

「やめろ、李洸」

一度は落ち着いたはずの翔央が激しい動揺に立ち上がる。

「兵を崖下へ。二人を探すんだ。……皇帝は叡明であって、自分は皇帝の器じゃない。俺は身代わりでしかないんだ！」

先ほどとは逆に、李洸が翔央の両肩を掴んだ。

「翔央様。軍に対する命令権は、皇帝の権限です。……どうか、速やかな皇位継承を！国の体制が大きく変わろうとしている時です。民の皆が不安を抱えているのです。そんな状況での皇帝不在は、なんとしても避けねばなりません」

李洸は「ご無礼を」と短く謝罪して、翔央の肩から手を離すと、その場に平伏した。

「なにとぞ、相国民五百万人を、玉座よりお導きください」

翔央が李洸を見下ろす。受け入れがたいのだろう、目の前で平伏する李洸から視線を外し、否定の言葉を繰り返した。

「俺は皇帝の器じゃない。俺は叡明の片割れなんだ……叡明が逝くなら俺も……」

その呟きに、蓮珠は明賢から離れ、翔央の前に立つと、思い切り背伸びをして、勢いよく両手で彼の頬を挟んだ。

「……れ……んじゅ？」

蓮珠は翔央と目を合わせた。

「翔央様。なぜ、叡明様が貴方を置いて崩御されたと決めつけていらっしゃるのですか？冬来殿は『叡明様をお助けにまいります』とおっしゃって、あの崖から飛び込まれました。あれは、叡明様の捜索には自分が行くとおっしゃったのだと思われます。あとを任せるとのお言葉もいただきました。……お二人の不在を任せられたんです。いつもと同じように。だから、絶対にお戻りになります。あの方の言葉には嘘はありません。わたしは信じて、冬来殿のお戻りを待つだけです。……貴方は、叡明様を信じて待つことができないのですか？」

蓮珠は指先の震えを止めるために、翔央の頬に当てた手にぐっと力を入れる。

「わたしも皇后の身代わりであり、皇后の器ではありません。でも、あの方がお戻りになるまで、全力で、あの方の戻る場所を守ります。それはわたし自身の願いと結びつくものですから」

今の相国で、皇帝不在は、なにがあっても避けねばならない。国家間の取り決めとしての公式な禅譲を行なうためには、国の代表たる皇帝が存在しなければならない。そこに、実が伴おうと伴わなかろうと必要なのだ。誰のものでもない玉座では、譲りようがないからだ。

「わたしたちは、事の初めから、お二人のための身代わりではありませんでした。思い出してください。わたしたちが、なんのために身代わりを立てたのか、を。……思い出してください、翔央様。あなたの願いはなんでしたか？」

冬米が思い出させてくれたことを、蓮珠は翔央にも思い出すよう促した。

「……この手で、この国の民を護ることだ。威国からの妃が行方不明になったことを悟られて、威国と戦争にならないために。この国を、国民を護るために」

そうだ。蓮珠も翔央も、この相国を守る、そのための身代わりだ。

「翔央様。我々が求められているのは、あの時と同じく、この国のためにするべきことをする、それだけです。なにも変わっていません」

翔央が蓮珠を抱きしめた。その腕は、まだ震えていた。動揺を、激情を、衝動を、あらゆる心を波立たせる感情のすべてを落ち着かせようと、彼は戦っていた。

蓮珠は翔央の頬から手を退かし、彼を抱き返す。心ごと包み込むつもりで、そっと。

「…………ありがとう、我が妃よ」

しばらくして耳に届いたささやきは、かすれることなく、彼らしい声の強さを取り戻していた。

頭を切り替えれば、元武官にして身代わり皇帝業一年以上の翔央は、すぐに龍義軍、華国軍を相国内から一掃することを決定して動き出す。

「今回の件は、明らかに相国内での軍事行為だ。禅譲は、まずこれらに対処してからとする。今回の出立の前提は、南回り組、北回り組のそれぞれを追わせて、龍義軍と華国軍を相国内に入れないことにあった。その前提が崩れたのだから、このままにして凌国に向かうわけにはいかない。国土の安全は玉座にある者の義務だ」

その憤りに個人的な感情が含まれていることは誰の目にも明らかだ。だが、翔央は、たとえそれが表向きだけだとしても、玉座にある者の義務だと言った。それだけでも進歩ということで、俄然やる気を見せたのは元軍師だった。

「よし。俺が連れてきた白渓駐留部隊と、春礼が連れてきた部隊。合わせれば、それなりの数になる。……龍義という指揮官を失ったんだ、龍義軍は相当混乱しているはずだ。華国軍もまとめて退けるなら今こそ好機。二度と大陸西側に足を踏み入れたくなくなるように徹底的にやってやろう」

この人はこの人で、教え子の間接的な敵討ちを望んでいるのかもしれない。そういう意味では、この場でもっとも冷静な頭脳は、李洸だった。

「退けるにしても、ここから威公主の陣までは距離があります。山の中では、龍義軍もですが、我々も動きにくいです。仕掛けるなら場所を選ぶ必要があります」

これに話し合いの片隅に居た明賢が口を開く。

「……叡明兄上が……藍玉殿の……乾集落へ行く話をしていました。あそこには、大型の火器があるから、華国軍も退けられるって、そう……言って……」

明賢の声がか細くなる。あの時の叡明は、先の策を考えていた。彼が最後の選択をするほんの少し前のことだ。それを思うと、蓮珠も明賢と同じく涙が込み上げてきた。

翔央が手をのばし、明賢の頭を撫で回す。

「いい案だ。すぐに部隊をまとめて、周辺の龍義軍の残りを退けながら、乾集落へ向かう。こちらに来ている華国軍と本格的にぶつかる前に、乾集落へ逃げ込むんだ。この流れで、どうだ？」

翔央の案に、李洸が頷く。朝議の時と変わらぬ関係がそこにある。そのことが蓮珠には嬉しかった。

「明賢、乾集落への先導は可能か？」

役割を与えられた明賢が、目尻を袖で拭ってから応じる。

「お任せください」

返答を確認した翔央が、話し合いの参加者の顔を一巡する。

「よし。では、すぐに動く。残っている龍義軍が次の指揮官を決めてまとまる前に動かねば、不利になる。春礼、張折。それぞれの部隊を率いてくれ。李洸、おまえは俺と乾集落行きだ。戦いに巻き込む交渉を頼む」

「御意」

指示を受けてそれぞれに動き出す姿に、体制の変化による影響は見られない。これまでも、ずっとこの体制であったかのようだ。

「陶蓮、ちょっといいか？」

話し合いの片隅のさらに片隅に居た蓮珠に、張折が話しかけてきた。

「わたしごときでお役に立てることがあるのでしたら……」

翔央が皇帝の身代わりから本物の皇帝になったことで、蓮珠も身代わり皇后の職を解かれた。そのため、密偵でもなければ官吏でもなく、後宮女官でもなくなった『ただの陶蓮珠』が皇后の衣装をまとっているだけという事態が発生しているのだ。もう、貴人の扱いを受けることはないから、軍の保護対象外だ。なのに、ここにいる。足手まといでしかないので、片隅の片隅に居させていただいているのだ。

「いやいや、役立ってくれよ。あのな、紅玉たちと楚秋組の話を聞いていたんだが、どうやら、例の特別部隊と龍義が連れていた騎兵隊は、ほぼ、冬来殿が片付けてくださったあとらしいんだ。現状、相国内を動き回っているのは華国軍ってことになる。なあ、華王は、いったいなにをしようとしているんだ？　そのへん、なんか聞いてないか？」

誰からと言わないあたりが、張折の配慮だった。だが、その配慮にどう応じるかは迷いどころだ。明賢を後継者に……という話は、どう考えても、蓮珠が誰かに話していい内容ではない。ただ、同時に、華国軍への対応を考えるなら、絶対に知っておくべきことでもある。こちらの陣営に居る人物を手に入れようとしている華国軍の動きは、張折が想定している通常の戦いでの敵軍の動きとは異なるものになるからだ。

知っているが話すべきかを迷っていることは、顔に出ているのだろう。張折は、蓮珠の言葉を黙って待っていた。

「……それは、華王が、僕を『自分の後継者』として手に入れるためです」

明賢が話せない蓮珠を庇うように、沈黙のにらみ合いの間に割って入ってくれた。

「雲鶴宮様を？　……ああ、まあ、お血筋としては、遠くないですが。なんでまた、いまになって躍起に？」

張折の疑問にも明賢は、特に感情を乗せることなく平坦な声で返した。

「僕が皇家の者であるうちに、王太子にしたいから、今なんです」

「そういうことですか。……となると、あっちはこちらに対して重火器の類は使えないでしょうから、少し有利ですね。ありがとうございます。今後の作戦を考える上で、大変重要なお話を聞かせていただきました」

張折は、明賢にそれ以上のことは尋ねず、話の焦点を今後の戦いだけに絞った。

「ちょっと作戦を練り直してきます。では、御前を失礼しますね」

張折が離れると、李洸との話を終えた翔央が、蓮珠を呼んだ。

「蓮珠、安全策を取って、おまえも俺と集落へ向かう。魏嗣は先導する明賢につける。蓮珠には紅玉をつけるから。……ん、その腕に結んでいるのは、なんだ？」

翔央が蓮珠の右腕に巻かれた金色の絹布を指さす。

「これは、山道を歩いたことで枝に擦ってしまったようで。叡明様がお手元の布で巻いてくださったんです」

たいした傷ではないのを見せるため、蓮珠は絹布の結び目を解いた。肘に近い場所だから、枝を避けて進んだ時にでも引っ掛けたのだろう。少し絹地が裂けてその下の肌が見えているも、細く赤い筋があるだけで、絹布にも血がついているわけではなかった。

「血がついてなくて良かったです」

蓮珠は、自分と同じく木々の間を抜けてくる際に枝に引っ掛けたらしい、翔央の皇帝衣装の左腕にある小さな裂け目に、絹布を巻いた。

「……………俺が巻くには、ちょっと派手すぎじゃないか？」

翔央が眉を寄せた。趣味が合わないようだが、蓮珠としては、受け取っていただかなければ困る。

「ですが、こちらは、叡明様から、自分に返すのではなく、翔央様にお渡しするように言われておりましたものですので……」

叡明が自分に遺したものと聞いて、翔央も絶対拒絶はできないと悟ったようだ。

「いや、それにしても……俺が持つには、あまりにも煌びやかな……」

言葉は選んだ翔央だったが、自分の左腕に巻かれた金の絹布に視線をやり、眉間の皺を深くする。

「気になさらずとも大丈夫ですよ。叡明様がおっしゃるには、皇帝は豪華じゃない布なんてお持ちにならないそうですから」

「そういうものなのか？　……まあ、たしかに、これは、叡明の趣味でもないな。さぞ、似合っていなかっただろうに」

見た目がほぼ同じの双子だ。叡明に似合っていなかったものは、翔央にも似合っていないのだが、ここは言わないでおこう。受け取り拒否は避けたい。翔央に渡す約束を破ったとなれば、間違いなく叡明に恨まれる。

「まったく、いったいどこから、こんなものを引っ張り出してきたんだか」

なおも絹布が巻かれた腕を睨む翔央の言葉に、蓮珠が待ったをかける。

「あのっ、わたし、そのことで、ちょっと引っかかっていることがあるのですが……」

蓮珠が瞑目して記憶をたどっているところに、離れた場所に控えていた魏嗣が駆け寄ってきた。

「主上、こんな場所ですが、お客人をお通ししてよろしいでしょうか？」

「……客人？」

蓮珠は、警戒した。ここで、龍義軍、あるいは華国軍の者が来たという話ではないかと疑ってのことだ。

「はい。……あ、でも、正確には主上ではなく、雲鶴宮様のお客人なのですが」

魏嗣の視線が、蓮珠のすぐ後ろにいた明賢に向けられる。

「僕に、客人ですか？」

蓮珠たちの視線も受けて、明賢が首を傾げた。が、そのまま、魏嗣の後方を見て固まってしまう。

「……藍玉殿？」

驚きに呟いた声が、そのお客人には届いたようだ。

「明賢！」

ひとりの少女が、まっすぐに明賢に向かって駆けてくる。しかも、皇帝、皇后姿の翔央と蓮珠の前をそのままの勢いで通り過ぎ、明賢に抱き着いた。

「集落の近くに明賢の船が。誰も乗っていなかったから、明賢になにかあったんじゃないかと思って……。良かった、無事だったのね！」

白龍河から陸に上がるとき、対岸に向かわせた船のことだ。藍玉の集落近くの川岸に着いたらしい。誰も乗っていなかったということは、対岸に着いたあと、何遼たちは龍貢軍の陣に向かってくれたのかもしれない。龍貢軍が援軍を送ってくれることを期待していたが、藍玉たちのほうから来てくれるとは。これはこれで助かる。藍玉は乾集落の長の孫娘だ。李洸も円滑な救援交渉が始められる。

「うん、僕は無事だよ。……僕は……でも、兄上が……」

明賢が言葉を詰まらせて俯いた。

「明賢？」

困惑する藍玉に、翔央がすぐに声を掛けた。

「藍玉殿、仔細は後ほど。すまないが、集落まで道案内を頼んでいいだろうか？」

相手は皇帝の衣装をまとっている。藍玉は、慌ててその場に跪礼した。

「は、はい！」

この場に居ない明賢の兄が誰か、誤解があるようだ。だが、その誤解を解くのは、乾集落に到着してからにしたほうがいい。一切の事情を知らぬ誰かに語るには、まだ誰の頭の中も整理が出来てはいないからだ。

乾集落へ向かおうとする蓮珠の足が、急に重くなる。

これから先、蓮珠は、叡明と冬来が喪われた時のことを繰り返し語ることになる。それも、自身が皇后の身代わりであったことも含めて。

翔央が、郭翔央として皇位を継いだ以上、あの時、崖の向こうに消えたのが、白鷺宮とその護衛ではなく、本物の皇帝と皇后であったことも語らねばならない。そうなれば、『では、人々の前に、皇帝・皇后として姿を見せていたのは誰だったのか？』という当然の疑問が生じる。だから、蓮珠が語るべきことには、自身が皇后の身代わりであったことも含まざるを得ないのだ。

遠からず終わると、わかっていた。それでも、こんな形で、突然終わってしまうとは思っていなかったのだ。頭の中の整理以上に、気持ちの整理がつきそうにない。

「……最後の最後まで、あの方の冷静さには至れなかったか」

身代わりの皇后として過ごした日々の記憶が、蓮珠の足を、いっそう重くしていた。

乾の集落は、大陸中央から見て北西にある。高大帝国の末期に、中央の混乱から逃げてきた官吏たちが中心となって作った集落で、ほかの集落に比べると人々は穏やかに暮らしてきた。

大陸中央で勢力を拡大した龍義は、政治巧者の龍貢に対抗するために、官吏の末裔で政に明るい乾集落に目をつけ、官吏になる年齢層の男たちを集落から連れ去った。老人と女子どもしかいなくなった集落を救うために、相国に助力を求めて栄秋に皇帝を訪ねてきたのが、相国とこの集落の繋がりの始まりだった。

結果的に、乾集落は相国の助力により、連れ去られた者たちを取り戻すことができた。ただ、翔央は、それはそれで完結しており、これからの戦いに彼らを巻き込むことに積極的というわけではなかった。華国軍を追い払える武器を借りられたらそれで十分という考えだった。

「いきなり集団で押しかけてすまない」

集落の長を前に、翔央は謝罪から入った。

「いえ。正統なる相国皇帝陛下をこの集落にお迎えするこの時に、当代の長であることを西王母様に感謝いたします。心より、歓迎申し上げます」

藍玉の祖父は、目に涙を浮かべて、天を仰いでいた。

「……すまないが、俺は、正統な相国皇帝では……」

翔央が表情を歪め、李洸がそれに続く言葉を止めようとしたところで、集落の長が自身の左腕を指さした。

「そちらの金色の絹布が示しておられるのです。この集落においては、その金色の絹布を携えてきた御方こそが、正統なる相国皇帝陛下にございます」

これには、翔央と李洸だけでなく、張折や明賢、春礼将軍までも、その金色の絹布に見入った。もちろん蓮珠も。

「そちらの金色の絹布は、相国初代皇帝と我が集落との間の約定の証なのです。我々の先祖は、そもそも相国初代皇帝が荒廃した帝国の都から連れ出していただいた中央の官吏でございました」

「……まさか、太祖は中央から連れ出しておいて、この地に貴方がたのご先祖を置き去りにしたのか？」

前々から感じてはいたのだが、翔央は、自分の先祖への評価が低すぎやしないだろうか。

「いいえ。先祖が遺した記録によれば、大陸の西に国を建てる、それまでの荒事には我々の先祖は向かなかったので、安全なこの地に留まるようにおっしゃられたそうです。その際、互いに助けが必要な時は、必ず助けを呼ぶから、お互いを守るのだとおっしゃられたそうです。帝都から持ち出した大きな金色の絹布をわけて、残された。この集落に遺されたものは、集落の旗として、現存しております。皇家の絹布もちゃんと伝わっていたのですね。このところ色々とありましたが、お声掛けなく、もしや皇家には伝わっていないのでは……と」

翔央が蓮珠を振り返った。蓮珠は、叡明からは何も聞かされていないと首を横に振る。もしや、頭の良すぎる叡明は、あの時点で、自分が金の絹布を翔央に渡せない予感があったのだろうか。振り返れば、あの場所での休憩を提案したのは、叡明だった。彼の中で、追いかけてくるだろう龍義軍の特別部隊を一掃するのに、滝の近くの崖は都合がよかった、ということなのか。

叡明がどこまでを想定していたのかはわからない。単純に、禅譲の儀式のときに、身代わりの翔央を皇帝役にしたまま進めるには、皇帝の証明を翔央に持たせる必要があったから、という話なのかもしれない。

いや、おかしい。なにか、色々間違っている気がする。そもそも叡明は、これが何であるか知っていたのだろうか。

「でも、あれは……」

英芳が余氏に遺した佩玉の箱に隠されていたものだ。箱が二重底になっていて、そこに入っていたと聞いている。皇帝の証である絹布を、なぜ英芳が？　首を傾げる蓮珠の横から、同じく首を傾げていた張折が翔央に問う。

「主上、その絹布はどこで手に入れました？　俺の記憶ですと、郭家には代々、金の玉璽と一緒に、玉璽を包んで保管するための絹布というのが伝わっていたのですが……、先帝……じゃないのか、えっと……、先々帝の御代に行方がわからなくなったという話が」

「話がわかりにくくなるから、父上のことは、これまでどおり『先帝』でいい。あと、俺の手元にあるのは、叡明が蓮珠に、俺に渡すように言ったからだ。叡明が持っていたのは、英芳兄上が余氏に遺したものを皇家に返上した際に、入れ物のほうから、これが出てきたからだ」

翔央の話に、張折が少し考えてから納得する。

「鶯鳴宮様がお持ちでしたか……。ああ、では、呉太皇太后様が、皇位継承に関わる御物をお手元に置いているという噂は本当だったのか。呉太皇太后様は、次期皇帝は自分が指名するのだと、決めていたらしいですからね。鶯鳴宮様は、呉太皇太后様のお気に入りでいらしたから。ですが、鶯鳴宮様が主上の即位決定時に、それを所持していると主張しなかったところをみると、それを手に入れたのは、ずっと後のことだったのかもしれませんね。しかし、巡り巡って、本来持つべき御方の手元に渡るとは、呉太皇太后様がお聞きになったら、御陵から生き返るくらいに悔しいでしょうな」

張折は、むしろ、悔しがれと言わんばかりの悪い顔をしている。

「なるほど。ごく最近、皇帝陛下のお手元へ。……西王母様のご加護がおありのようです。伝承によれば、その金色の絹布は、西王母様から高大帝国皇帝に授けた仙桃を包んでいたものだと言われています。西王母様は、加護を与えるべき皇帝陛下の元にいらしたということですね」

西王母には、瑶池金母の別名もある。金は、桃と並び、西王母の象徴物だ。

古い絹布の、歴史を貫く尊さに、さきほどまで擦り傷に巻くのに使っていた蓮珠としては、胃が痛むところだ。

「西王母のご加護を賜っているなら心強い。しかし、約束の履行は、戦いに、あなたがたを巻き込むことになる。これは、安全な地を約束した太祖の言葉に反する行為だ。きっぱりと断って、俺たちを追い出してくれても致し方ないと思っている」

翔央は、あくまでも集落の力をお借りする側で、借りられるかは、貸主である集落の側に決定権があるという考えだ。

「我々に異存はありません。……遠い日の誓いを果たす時が来たのですから」

集落の長は、穏やかな笑みを浮かべて、自身の背後に控えている集落の者たちを振り返る。

「中央に連れて行かれた集落の者たちも、だいぶ戻っています。龍義軍、華国軍と戦うことに、なんの迷いがございましょうか」

集落の長は、椅子を立つとその場に跪礼する。

「どうか、我らを相国皇帝の麾下にお加えください」

これに倣って、その場の集落の者たちも一斉に跪礼した。


すでにこちらに向けて動き出しているだろう龍義軍・華国軍の連合軍を迎撃するため、翔央は、すぐに集落を出立した。

夏の太陽は沈もうとしている。空はすでに暗くなり始めていた。戦いを始める時間ではないが、今夜の安心のためにも短時間で形勢を決しておきたいところだ。

連合軍は騎兵中心、馬が使える街道に集まっていた。おそらく、龍義を失った状態で、今後どうするのかを華国軍を交えて、話し合いをしているのだろう。華王は、龍義との個人的な縁を理由に、後ろ盾になっていた。だから、龍義がいない龍義軍に助力する理由がなくなった。むしろ、明賢を華王の元に連れて行こうとしている華国軍にとって、いまの龍義軍は邪魔な存在かもしれない。

こちらの理想としては、龍義軍と華国軍が自主的に分裂してほしいところだ。

「栄秋港で見た船団の六割程度が華国の船でした。それでいくと、龍義に貸出していた兵数としては、ここにいる頭数で十分でしょう。冬来様は戦争にはならないように、しばらく動けない程度に痛めつけてくださったが、どうやらどちらの兵も復活したようで」

張折の言うとおり、遠目に見る限り、龍義軍は十騎程度。あれが特別部隊と呼ばれていた威皇后を追っていた者たちだろう。華国軍側は、特別部隊の倍程度。どちらも騎兵のみで、歩兵は見当たらない。たいした数ではないので、いまの相国側の頭数ならば、うまく国内から追い出すことができるはずだ。

「しかし、華国軍が思ったより少ないな。伯父上も、さほど積極的に龍義を助けるつもりはなかった、ということか」

「栄秋港の華王にも護衛は必要でしょうから、全騎兵を龍義軍支援に投入していないのは確かですね。……さて、華国軍は、どこらへんで手を引きますかね？」

傍らの張折が相対する軍勢のおおよその数を目算して、どこで仕掛けるか、様子を見ている。

「栄秋港……。そうか、伯父上は……ここにいないのか？」

華王本人が栄秋港にいると言われて、翔央は、ふと、蓮珠の言葉を思い出す。

「華王は、執着が終わるその瞬間を自身の目で確かめずにはいられない人ですね」

相国の後宮での火災、官吏居住区の陶家の屋敷への侵入。いずれも、華王本人がその場に出向いた。だから、蓮珠は白瑶長公主の出立式に突如出席するといってきた華王の行動を半ば疑いながらも、半ば納得していた。自身の目で見に来たのだ、と。

そんな華王が、大人しく栄秋港で翠玉を見送っているだろうか。華国の騎兵は、どこで何をしているのかを華王のいる本隊に連絡していたはずだ。華王は、相国北東部で起きている出来事を知っている。ならば、この場に来ないわけがない。

「張折。……いまの、伯父上の『執着』はなんだと思う？」

「………出立式は、とっくに終わって、長公主様は西堺を南下している頃かもしれませんね。なのに、華国軍を引き上げてないってことは、華王陛下の執着が、いま、向いているのは長公主様じゃない」

華王は龍義軍への助力を囮に、本来の目的を達成しようとしていたのだ。

「明賢が狙いだ。乾集落に急ぎ戻る！」

翔央は馬首を反転させると、集落を目指して馬を走らせた。

第八章

小暑・末候の五日目・夕刻

龍義軍を退けるために麾下に加えた集落の者たちとともに、相国軍が集落を離れてから半刻ほど経っただろうか。夕暮れの訪れに紛れて、集落を騎兵が囲んだ。指揮官を乗せた馬車が一台、その軍勢の中央に置かれていた。馬車には、華王が側近の鄒煌を伴って乗っている。

「手荒な真似は望んでいない。望んでいるのは、双方の代表者での交渉である」

鄒煌が声をあたりに響かせた。

あちらの代表は、当然ながら華王だ。現状の集落で最高位は、相国皇帝の末弟である明賢だ。蓋頭を失った蓮珠では、正体を知っている華王の前に、威皇后として対峙することはできない。

相も変わらず、華王は相手の選択肢を奪うのが得意だ。集落の戦力は、翔央とともに出払っている。いまの集落に、この騎兵隊を退ける戦力はない。徹底抗戦ではなく、交渉を選ばざるを得ない。

「さすが、本家です。執着度合いは、やはり華王のほうが上でいらした。……自ら、このような場所までお出ましになるなんて」

ある意味、蓮珠から華王に送る最大の賛美だ。それがわかるのだろう。華王が蓮珠を相手に、実に嬉しそうにほほ笑んだ。集落の女性たちが、短い歓声を上げる。

「やりにくいですね……」

紅玉が蓮珠の後方で呟いた。

鳳凰の加護を賜るにふさわしい美しさだ。美という概念そのものといえる華王は、どこまでも清らかで美しい容貌をしている。彼をよく知らない人々には、この見た目どおりの人物に見えるのだ。天女のごとく慈悲深く、交渉するにしても、理不尽なことを言ってはこないだろうと。

集落の女性たちにぜひ思い出してほしい。集落を騎兵に囲ませたのは、華王だ。今の最高位が十歳にもなっていない明賢だと知っていながら、交渉に引きずり出そうとしているのも華王だ。

「こちらの代表は、この集落の長になると返してみてください」

蓮珠は、貴人の伝言役として魏嗣を行かせた。

ほどなくして、戻ってきた魏嗣が、華王軍側の返事を報告する。

「あちら曰く、華王陛下との交渉に、集落の長などという下賤の者を出してくるなど無礼千万……とのことでした」

集落の長を『下賤の者』扱いされたことで、華王の返事に聞き耳を立てていた集落の女性陣が、一様に憤りを見せる。さっそく天女の顔を持つ御方の本性を知ったようだ。

「封土の王が、ずいぶんと調子に乗ったことを言ってくれるじゃないの……」

華国は、高大帝国時代に封土を得た者が、帝国崩壊後に封土を国土として治めるようになったのが始まりだ。言い換えれば、地方領主が、自領を自国であると宣言して成立した国だ。

高大帝国崩壊後は、同様の過程を経て成立した国がたくさんあった。大陸中央で龍義が併合していった国々もそうして成立した小国であり、大国では凌国もその一つに数えられている。

一方、この集落の者は、高大帝国末期まで国を支えた官吏たちの末裔である。高大帝国においては、政治にかかわる者は、ほぼ貴族だ。高大帝国にも科挙はあったが、庶民には受験資格がなかった。貴族子息だけが受験可能だったのだ。したがって、この集落は、高大帝国の『官僚だった中央貴族』の末裔たちの集団なのだ。彼らからしたら、華国は『地方貴族の国』でしかない。華国は、その高大帝国の政治体制を引き継いでいるのだから、知っていてもおかしくないのだが……。

そんな集落の人々の憤りにも、集落の長は冷静だった。穏やかな表情で口を開いた。

「帝国末期の歴史はなかったことにでもしているのだろう。中央の混乱に背を向けて、私腹を肥やすことしか頭になかったからな、南華王（なんかおう）殿は」

言っている内容は、まったく穏やかではなかった。帝国時代の古い呼び方まで使うあたり、これぞ、約百五十年の恨みというところか。

「雰囲気が一変しましたね。なんだか、皆さん穏やかではない様子で」

伝言役にされた魏嗣の表情が固まる。

「そうですね。……華国の方々は、下手を打ちました。いえ、ご存じないだけかもしれませんけど。相国も帝国末期の政争に敗れて云々は、あいまいにしておきたくて、官僚ですらあまり詳しく知らないのですから」

蓮珠は、歴史学者の肩書を持つ叡明と歴史好きすぎる張婉儀の二人から色々と詰め込まれているだけだ。華国の騎兵にしたって、自国の歴史はともかく、華国から遠い集落の成り立ちにまで興味を持って学んでいる者など、ほぼいないだろう。

魏嗣が心底嫌そうな顔をして、集落の長の言葉を伝えに行く。

「雑魚（ざこ）どもは黙っておれ！　交渉を行なうは、華王陛下の後継者となられる郭明賢様、只お一人である！」

憤りの叫びは丸聞こえで、これなら伝言役は要らなさそうだ。

「……華王本人が、僕のことを『自分の後継者』だと公言しているのですか？　……さんざん、なかったことにしてきた存在なのに？」

呟きながら、明賢が華王軍のほうへと歩き出す。

「明賢様、近づいてはいけません！」

蓮珠は明賢を後ろから抱き留めた。いまや、何者でもなくなった蓮珠が、皇族に許可なく触れて、その行動を妨害することは、不敬を問われる。それでも行かせるわけにはいかない。明賢は華王のもとになど行きたくないと言っていた。それに、叡明は、『明賢は関わるな。君は相国の者なんだから』と言っていたのだ。だから、これは、叡明があの時、『あとは任せた』と、自分に託したことの範疇にあるはずだ。

「大丈夫ですよ。……華王が僕を後継者だと公言したなら、彼らは知っているのでしょうから、僕に手を出すことはありません。だから、陶蓮は、僕から離れて。あなたこそ、あの男に近づいちゃダメだよ」

大陸南部の血筋が入っている明賢は、十歳にもなっていないのに小柄な蓮珠とあまり身長が変わらない。その、ほんの少し背が低い明賢が、前を向いたまま、蓮珠に語る。

「陶蓮。僕、本当は……華王と母上の子なんですよ。父上……先帝陛下は、母上の置かれた状況を……朱皇太后の身代わりにさせられていることを知って、奪うようにして相国に嫁がせたんです。華国側も近親間での関係が表面化する前に母上を相国に出した。でも、遅かったんだ。母上が相国に来て半年ほどで僕が生まれたことが、僕が先帝陛下の子ではないという噂が真実であることを示している」

「小紅様が、朱皇太后の身代わりに……？　そんなこと……」

否定したいのに否定できなかった。華王ならやりかねない。小紅が朱皇太后に似ているから、身代わりにした。でも、本物じゃないから、周囲が言うままに相国に渡した。おそらく、小紅は、叡明が龍義に言っていた『どうでもいい』の範疇にあったのだ。

「そんなことが、あったんだよ。……母上は、今でも『華王』の目に怯(おび)えている。その視線が、母上が母上であることを全否定するから。なのに、ずっと侍女を通じて監視されていたなんて知ったら、きっと心が壊れてしまう」

だから、明賢は、あんなことを言ったのか。小紅に気づかれたら、と。

まだ、子どもの明賢は、侍女の直接の雇い主ではない。子どものわがままでは、母親の侍女を解雇するのは難しいから、理由を明らかにしなければならない。だが、華王が仕向けた監視役だと小紅に知られるわけにはいかなかった。だから、遠ざけることまでしかできなかったのだ。

それに、公に侍女を解雇し華国へ帰らせたら、自身の出自にまつわる噂を、肯定するに等しい。それは、『この国に生まれ育っても、この国の者とは限らない』ともつながる話だ。明賢にとって、望まない現実を自身に突きつける行為だ。

蓮珠は、言うべき言葉を見つけられないまま、明賢を抱きしめる腕に力を込めた。

「英芳兄上が、僕を可愛がってくれたのは、この噂があったからなんだ。あの人も、色々周囲に疑われた人だったから。でも、僕の場合、噂でなく事実なんだけどね」

どうして、天帝は、この幼子にすべてを悟ってしまう知恵をお与えになったのだろう。もっとなにも知らずに、生きていくことを、なぜ許してくださらなかったのだろうか。

「陶蓮、離れて……」

蓮珠の腕の中で、明賢が震えている。足音が近づく。この時に、誰が近づいてくるかなんて、よくわかっている。

「いやです。『後を任せる』と託されて、わたしはここに居るんですから」

「おまえが……朱家の者が、忠義を語るとは……、笑わせてくれる」

明賢を欲し、蓮珠を消したい人物。その両方が叶うこの瞬間に、華王本人が近づいてこないわけがない。

「郭家が玉座を離れれば、後継者を手に入れる機会は失われる。だって、公に庶民になった者を養子に迎えるにしても玉座に据えるのは難しいじゃないですか。だから、郭家が皇家であるうちに、僕を華国へ連れて行きたかったのでしょう？」

華王は答えない。ただ、その美しい貌に本心の見えない微笑みを浮かべるだけだ。

「僕は……、貴方と、貴方の周りの大人たちの身勝手さが、本当に嫌いだ」

明賢がはっきりと言った。子供らしく周りを振り回しているようで、いつだって周囲を見て、最善を見極めて動いてきた少年が、いま「嫌いだ」と言った。

「明賢様。嫌なら華国になんて行かなくていいと思います。どこに生まれるかは選べなくても、どこで生きていきたいか、それは選んでいいはずです！」

華王になんて渡すものか。蓮珠は、華王に奪われまいと、明賢をよりしっかりと腕の中に包み込んだ。

「……ふーん。それで選んだ国がなくなるんだから、おまえという存在は、呪いそのものだね」

華王が言っていることとは逆に、優雅な笑みを深くする。

「ねえ、陶蓮珠。憎しみは、どうして消えていかないのかな？」

長身相応の華王の長い手が、明賢の後ろにいる蓮珠にのばされる。明賢から引きはがされる、そう思った蓮珠に、華王の冷たい手が触れた。

「これは、我が最愛の妹を相国へ引き渡した朱家への恨みを晴らす好機だ。夢にまで見た瞬間だよ。ああ、ようやく、この手で朱家の息の根を完全に止められる」

掴まれたのは、腕ではなく首だった。割って入れる空気ではないと、成り行きを見守っていた集落の人々から悲鳴が上がった。

蓮珠の喉仏の上に、華王の親指が置かれる。

「華王が命ずる。誰も近づくな。近づけば……」

華王の親指に力が入る。蓮珠の口から呻きが漏れた。

「こうなる。……いかに細くても男の腕だ。本気で力を入れれば一瞬で事切れる」

明賢を抱きしめていた腕が、息苦しさに強制されて解ける。それを確認して、華王の親指から力が抜けた。だが、首を掴む手はそのままの位置を保っている。

「おまえは、鄒煌のところへ行きなさい、明賢。彼女を苦しめたくないのだろう？」

明賢が華国の陣に向かって走り出す。ダメだ、行ってはいけない。その声が蓮珠には出なかった。

自身の肩越しに、明賢が鄒煌の元に駆けていくのを見て、華王が蓮珠にだけ聞こえる呟きを漏らす。

「……もっとも早いか遅いかの差だ。朱家の血筋はここで終わらせる」

今度は、蓮珠の首を掴む手全体に力が入った。

「それは困るかな。西王母の元へ行っても春蘭に合わせる顔がない」

突如、声が割って入った。朱皇太后をその名で呼ぶ人は、ごく限られている。声の主が誰であるか、華王にも、すぐにわかったようだ。華王の手から力が抜けた。

「誰も近づくな、と言ったはずだ。……郭至誠、なぜ貴様がここに居る？」

蓮珠に向いていた殺意が、一気に声の主へと向かっていくのがわかる。

その人がなぜここに居るのか。蓮珠にもわからない。でも、この声は確かに相国先帝、郭至誠の声だ。

「ここは相国の保護下にある地だ。君の命令は僕に対して効力がない。僕のほうが上だからね。さあ、この場で最も地位が高いのは相国先帝である僕になった。当然、交渉のための代表も明賢から僕に交代だよ。……まず、彼女から離れてもらおうか。彼女は相国先帝が守るべき相国の民である。これは、相国先帝の勅命である！」

周囲に、より正確に言えば、華国軍に聞かせるために先帝が声を張った。

もう、華王の目は蓮珠を見ていなかった。蓮珠の首から完全に手が離れる。喉が呼吸を取り戻し、蓮珠は咳きこみながらその場に膝をついた。

わずかに上げた視線に、華国の陣にたどり着く前に足を止め、引き返してくる明賢が見える。涙声で、蓮珠の名を叫びながら駆け寄ってくる。良かった。明賢は、まだ相国の明賢だ。そう思ったことで、全身の力が抜けて、動けなくなる。早くこの場から離れなければならないのに、頭がくらくらして這うこともできそうにない。

それをわかっているからか、あるいは、私的な理由からか、先帝は華王の意識を自身に引き寄せ続ける。

「どれほど朱家が憎いといっても、僕に向けるほどではない。違うかい？　これは、お互いにとって、最初で最後の好機だ。周囲に僕らを止められる者がいない状況で、この距離で向き合うことは、これまでなかったし、これからもないだろうね。……さあ、我々は、この時、この場所で、どんな交渉をしようか？」

先帝自身、この状況に華王への憎悪をむき出しにしていた。

華国の陣から鄒煌が駆けだしてくる。彼以外に華王のやることを止められる者がいないのだ。だが、華王は、その鄒煌さえも拒絶した。

「陛下、いけません！」

「来るな、鄒煌。これは、私闘だ。国など関係ない！」

華王が声を荒げた。完全なまでの拒絶に、さすがの鄒煌も近づけない。逆に近づいた明賢に支えられ、蓮珠は私闘の場から少し距離を置いた。藍玉が駆け寄ってくる。華国側に行ってしまいそうだった明賢が戻ってきたことに安堵する表情に、蓮珠も安堵する。彼女にも、この場における明賢の立場や出生のおおよそは聞こえていたはずだ。それでも、こんな風に明賢の無事を喜んでくれるなら、彼女は大丈夫だ。きっとこれからも明賢の心を支えてくれるだろう。

　視線を感じて顔を上げれば、先帝がこちらを肩越しに見ていた。目が合うとすぐに視線の先を華王に戻してしまったが、きっと明賢たちを見ていた。

「得物は、そろえようか。僕は帯剣しているけど、そちらは？」

　華王が回答の代わりに、華王軍に無言で手を差し出した。華王軍と私闘の場の中間くらいで止まっていた鄒煌が慌てて陣営に走り、鞘に入った剣を両手に持って戻って来る。装飾から華王自身の剣ではあるようだが、その細腕で剣を振るう姿が想像できない。それは、先帝も同じだ。戦場に立っていた話は聞いているが、自ら剣を手に戦うことはあったのだろうか。それにしても、華王の側近は、近づくなと言われたり、剣を持ってこいと指示されたり、大変そうだ。今も、剣を受け取った華王からさっさと離れろと追い払われている。

「さて、お集まりの方々にお願いしたい。我々がこれからここで始めることは、単なる私闘だ。制止は不要、手出しも不要」

　互いが剣を手にしたことを確認し、先帝が周囲に私闘を公言する。それに反論が出る前に、二人は抜き身の剣をぶつけ合った。

　始まってしまった。蓮珠は迷った。本当に二人を止めなくていいのか。二人を近づけてはいけないと、翔央も叡明も言っていた。会ってしまえば、こういうことになると聞いていた。止めるのは難しい。

「これで、……お二人が私闘をされるという形で本当にいいのでしょうか？」

蓮珠は、喉の痛みにかすれた声で、自分を支える明賢に問う。

「これしかないいんだ。……だって、どんな結果に終わっても、それぞれの国に影響しないためには、国を背負わない、あくまでも私的なものだって言わなきゃならない。それに、多くの人たちに私闘であることを聞いてもらう必要もある。あとから『あれは私闘ではなかった』と言われないために」

お互いが望んだ決着。二人にとって、制止できる者のいない今が好機だった。

「でも、それは……どちらかの死を意味することになるのでは？」

目の前で起きていることから、視線を逸らせない。幾度目かの金属音に首の後ろが大きく震える。どこまで行ってからこの集落に引き返してきたのかはわからないが、急いできたことで、最初から息が上がっていたのは先帝のほうだった。だが、時間が経つほど、戦い慣れていないように見える華王の息が上がっていく。

「憎しみは消えない。それだけは、あなたと同意見だよ。なにもかもが異なる我々二人の唯一の共通点がそれだとは、お互い、地府の底に沈むべきだな」

先帝の呼吸は、剣を繰り出すたびに整っていく。放つ言葉にも息の乱れはない。なめらかな動きが作る調子に、身体が合ってきている。無駄のない動作は、先帝が積んできた鍛錬の結果なのだろうか。

一方的になっていく。華王は、先帝になにかを言い返すことが出来ないほど、見た目に息が上がっている。それでも、その目の、憎しみで先帝を貫こうとする光は、鋭さを増すばかりだ。

父と伯父の私闘を見つめる明賢が、ふいに泣きそうな表情に変わる。

「陶蓮。どちらかの死で、済むのかな？　二人とも、相手に勝ちたいかもしれないけど、同時に自分が生き残るって思ってなさそうだ……」

そうかもしれない。二人の間には憎しみしかなくて、希望は存在しない。決着をつけるという一念だけがあって、その先になにもない。

それを咎めるかのように、華王の手から剣が抜け落ちた。剣を握っている力が失われたのだろう。先帝の振り下ろす剣を受け止めるものがなくなり、先帝の剣が華王の肩から胸を切り裂いた。

「限界かい？　……我々は、ほかの点では、あまりにも異なっているのに、その唯一の共通点故に、この結末を迎えるわけか。その見た目ばかりは、鳳凰の加護に相応しい美しき人よ。君は鳳凰の加護を、僕は白虎の加護を、とうの昔に失っているようだ。決着をつけ損なうなんてね」

先帝が悔しそうに言って、手にした剣を地面に突き立てた。

周囲がざわめく、その場の人々の視線が先帝と華王から、新たにこの場に現れた人物へと移った。

「父上、伯父上！　いったいこれはなにごとだ？」

翔央が人の間を抜けて、二人へと歩み寄る。

「見てのとおり、私闘だよ。長年の決着をつけようとしていたんだ。僕らが顔を合わせたら、こうなるって、翔央だってわかっていたでしょう？」

先帝が、悪びれない表情で地面から剣を抜く。

翔央は、苦々しさを隠さずに先帝の身体を引くと、華王から少し距離を取らせた。

場の緊張が解けて、鄒煌が華王に駆け寄った。

「陛下、一旦下がりましょう。手当をしなければ……」

鄒煌が華王に肩を貸そうと、華王の左側に立ち、少し屈んだ。

「一旦下がる？　……次なんてないのに……」

その華王の呟きが蓮珠の耳に届き、振り返った。

手をのばし、鄒煌の剣を鞘から抜いた華王が、すぐ目の前にいる先帝の背中に剣を突き立てる。だが、その剣が深く先帝を貫くよりも前に、先帝が持つ剣が華王の身体を貫いていた。

「言っただろう？　僕らは『あまりにも異なっている』と。僕の身体は、十代の半ばから二十代の前半を戦場で過ごしたせいで、反応として迎撃するんだよ。意識も思考も必要ないほど、身体に染みこんでいる動作だ。……そんな相手の隙を突こうとか悠長なことを仕掛けるからこうなるんだ」

先帝の剣が、さらに深く華王の身体に沈み込む。

「陛下！」

鄒煌の叫びに、先帝が微笑む。

「安心していい、華国の臣よ。故意に長引かせたりはしない。……僕の最愛の人は、いつも美しい兄の身を心配していた。彼女に怒られたくないからね」

翔央が先帝を抑えるより先に、華王の身体に突き刺さった剣が一気に抜かれた。すぐ近くにいた蓮珠にも血飛沫（ちしぶき）がかかった。

「伯父上！」

剣を抜いたことで地面へと仰向けに倒れていく華王の身体を、翔央が受け止める。鄒煌は、目の前の出来事に固まってしまっていた。

「…………もう、事切れていらっしゃる」

翔央は、誰にともなく報告し、華王の身体をそっと地面に横たえた。

「ようやく、終わったか」

先帝がしゃがんだ翔央の肩に手を置いた。

下を向いている二人の背後に立った人影に、蓮珠は叫んで飛びついた。

「郷煌さん、駄目です！」

彼の手には、先帝が華王の身体から抜いて放った剣が握られていた。

「離してくれ！」

蓮珠は郷煌が振り上げようとする腕にしがみついた。

「貴方が先帝陛下を斬ってしまったら、私闘ではなくなってしまう！　華王が、華国を、あなたを巻き込まないためになさったことを、なかったことにしてはいけません！」

動きを止めた一瞬に、立ち上がった翔央が、郷煌の手から剣を奪う。

「陛下が……陛下が……」

郷煌の腕が、力を失って降ろされる。弱々しい声に、蓮珠はしがみついていた彼の腕を離せなくなった。

俯き、無言のまま地面に横たわる華王を見下ろす郷煌に、先帝が声を掛けた。

「君が手を下すまでもないよ。……剣の扱いが下手なのか、故意なのか、彼より少々長引いただけで、僕もそろそろ……限界だ、から……」

ぐらりと揺れた先帝が斜めに倒れる。

「父上！」

翔央は叫んで、手にしていた先帝の剣をその場に落とすと、先帝へと駆け寄った。明賢も駆け寄る。二人は、先帝の背に突き刺さった剣を抜くに抜けず、その身体を地面に半身伏せるような形で横たえた。

「……わたしたちは、もっと早く、こうするべきだった。私たち二人だけでつけるべき決着に、これまであまりにも多くの人々を巻き込んでしまった」

先帝の意識はしっかりしていた。この状態でそれは酷なことでしかない。いっそ気絶していたほうがましに思えた。それほどに痛いはずなのに、先帝は宙へ手をのばすと末の息子の名を呼んだ。

「明賢。おまえは相国の者であって、郭家の者だよ。だから、郭家がなくなったら相国の地で堂々自由に生きなさい。おまえが華国に行く必要などない。誰が何と言おうと、おまえはわたしの子だ」

明賢が先帝の手を握った。その手の上から翔央もまた父の手を握りしめる。

「翔央？」

「……ここに居ります」

翔央は先帝に応えて、顔を寄せた。ただ、先帝の視線は動かない。もう目の前の翔央も見えていないのかもしれない。

「僕は君に言うべきことをたくさん言わないままにしてきた、ごめんね。今だって、本当は言わなきゃならにことがたくさんあるんだけど、さすがにその時間がないみたいだ。だから、とてもひどいことだけを言うよ。……君が、新たな相国皇帝だ。この国を頼むよ」

それが、最後の最後に、先帝が息子に遺した言葉だった。

場の静寂を激しい音が塗りつぶした。華国の騎兵が動き出したのだ。

「孫元(そんげん)殿、なにを？」

驚いたのは、鄒煌もだった。

「私闘は決着した。我々は本来の目的を果たさせてもらう！」

蓮珠は、しがみついたままだった鄒煌の腕を離すと身体を反転させて、まだ先帝の傍らに膝をついたままの明賢に覆いかぶさる。

「紅玉、魏嗣！」

なにとは言わず、お付きの名を叫んでいた。

「御意」

二人が蓮珠を庇う位置に立って、構える。翔央は、地面に落とした先帝の剣を手にすると、迫る騎馬に向かって構えながら立ち上がった。

「紅玉、魏嗣。少し時間を稼げば十分だ。俺が先行し過ぎたが、すぐに春礼と張折が来るだろう。目の前の掃討戦に一隊使っても、もう一隊と集落の者たちは、急ぎこちらに戻ってきているはずだ」

どうやら、翔央は戦場を人任せにして、集落に取って返してきたらしい。

「お任せを」

魏嗣が翔央より前に出る。その横を鄒煌が駆けだした。

「孫元殿、やめてくれ。陛下の御身を騎兵に踏ませるつもりか！」

悲痛な叫びは、華国軍の騎馬を止めた。だが、孫元殿と呼ばれた騎兵隊を率いる武将は、馬上から鄒煌に大音声で反論する。

「では、そなたは、ただ陛下のご遺体を引き取って戻れというのか！　後継者も決めぬままに、異国の地で、それも私闘で、陛下は崩御されたのだ。華国のこれからはどうなると思われる？」

孫元の言葉に、今度は鄒煌の動きが止まる。

「後継者の不在が国の乱れにつながることは、大陸中央を見ればわかることだ。これから華国は、玉座を争って、国が乱れる。先々帝の末期よりも激しく！　我らは華国の兵だ。華国を護るために存在しているのだ！　国の乱れを避けるためには、王が必要だ。それが誰であろうと玉座に王は必要なのだ！」

遺されてしまった臣下の叫びに、翔央までも構えた剣を降ろしそうになった。

「そう。それで自分たちは傀儡の王を連れ帰るつもり？　戦争のない華国で軍の権威を維持するのは大変そうだものね」

今度は集落のほうから音が近づいてくる。聞き覚えのある声に顔を上げれば、馬上に威公主の黒い鎧姿があった。

「陶蓮！　無事ね！　さあ、おまえたち、連中を集落の外に追い払いなさい！」

後方に手を大きく上げて合図を送ると、集落の奥のほうから騎馬が躍り出る。馬の扱いが巧みな威国の騎馬兵は、横たわる先帝と華王に土煙も届かぬように、蓮珠たちのいる場所を回り込んで、華国軍に向かっていく。

「蛮族の馬乗りになど怯むな、龍義軍の残兵がもうすぐ到着する！」

孫元が味方を恫喝するが、この場の緊張感とは無縁の明るい声で威公主が言い出す。

「あら、待っても誰も来ないわよ。……龍義軍の件は、あちらの方々が引き受けてくれたから」

集落の奥、威国軍の馬が舞い上げた土煙の中から、目立つ得物を手に武将が一人、進み出てきた。

「カイ将軍！」

相手は、ひょいと片手をあげると、笑いながら蓮珠たちのほうへと歩いてくる。

「連絡役が側を離れてすまなかった。みんながみんな北回りになるとは思わなかったものでね。威国を目指す話は聞いていたから、気づいたところで大陸中央側の岸に上がって、北上してきたんだが、途中で前を進む龍義軍の残党というには、ちょっとばかし数の多い部隊を見ちゃってね。これは好機と龍貢様に連絡して、手勢をいただき、背後を突かせてもらった」

郭家とは違う船で南回り用の大型船に移ったカイ将軍は、栄秋港の北側で起きていた騒ぎを知るのが遅れた。華王を乗せた船が長公主を乗せた船に追随しないのを見て、ようやく異変に気づき、相国側の岸に上がって華国軍とぶつかることがないように、大陸中央側の岸から上陸したのだという。

「逃げる龍義軍を追いかけて、さらに北上したら、この集落に向けて移動中の威国の国境駐留軍と挟み撃ちする形になりました。その場で、龍義軍の残党を平らげて、こっちへ向かったんですが、間に合ったみた……」

土煙がかからないように避けられた蓮珠たちのいる場所にたどり着いたカイ将軍は、そこでようやく地面に横たわる存在に気が付いた。

「これは、どういう状況ですか？」

急に声量を落とし、カイ将軍が状況理解が追いつかず、誰とは決めずに問い掛ける。

「カイ将軍。……ここは、私が説明いたします」

華国軍を威国軍の騎兵に任せると判断した魏嗣が、カイ将軍の前に立った。叡明、冬来に続き、先帝と華王までも。蓮珠は魏嗣の説明を聞くともなしに耳にしているうちに、自分がただの陶蓮珠に戻ったことを思い出し、抱きしめたままの明賢を解放した。

「不敬を……」

平伏しようとした蓮珠の袖を明賢が引いた。

「なにも言わないで……今は……」

蓮珠は、もう一度、今度はそっと明賢を抱きしめた。ただの陶蓮珠が、親を亡くしたただの一人の少年を抱きしめたのだ。白渓を離れたあの夜、ただひたすらに翠玉を抱きしめた時と同じように。

「……そういうことですか」

カイ将軍が重い声のあと、あろうことか翔央のほうを向いて、煽った。

「では、龍義軍は実質解体ってことですね。誰かが引き継ぐ前に、きっちり潰してしまうべきでしょう。すぐに龍貢様にも連絡を入れますよ。中央の覇は、いまここで決めてしまいましょうや」

「……そうね、賛成だわ。この際、徹底的に潰しましょう」

カイ将軍の近くで、魏嗣の説明に耳を傾けていた威公主が同意してから、自軍の指揮を執るために騎乗したままだった馬を降りた。

「でも、その前に弔いよ。地面に横たえたままなんて、あまりだもの」

威公主は、その場に片膝をついて深く頭を下げ、相国先帝への弔意を示した。

翌朝、納棺の儀が行なわれた。玉座にあった者は、高大帝国成立以前からの古式に則り、国旗にくるまれて棺に納められる。国旗を模した国色の布は、乾の集落で用意してもらった。

夏の早朝特有の冷涼な空気の中、華王は赤い布に、相国先帝は白い布にくるまれて、棺の中に下ろされた。

集落中の家屋に弔意を示す白い布が掛けられ、親類縁者を越えて、国民として蓮珠も素服に身を包んだ。普段、服装によって隔てられる人々も、素服をまとうことで、国も身分も職業もなく、ただ平等に故人の死を悼んだ。

「集落の長に、感謝を。古式に則って仮の弔いをしてくれたおかげで、遺恨を残さない形を取れた。よかったと考えている。……伯父上は白龍河を下って、永夏へ。父上は楚秋府へ送る。それぞれの地で公的な葬儀を行なうことになる。それで、いいな？」

集落の長に謝意を示した翔央は、その視線を鄒煌に向けて確認した。

「もちろんです。……このような状況にあって、威儀を整え、丁寧に送っていただけることに感謝しております」

華国側としての出席は、鄒煌一人だった。彼だけが、あの場で戦うことに反対したからだった。残りの華国軍の者たちは、威国・相国の兵によって鎮圧され、まとめて華国へ送られることになっている。二人の間に起きたのは、私闘であり、国同士の戦闘行為は行なわなかったことを国内外に示すためだ。

「この件は、最終的に二人の私闘だ。華国も相国も、お互いに国の民を巻き込む戦いはすべきではない」

あの二人を会わせない、近づけないは、両国の共通認識だった。一方で、相国建国から約百五十年、政治的に多少のいざこざはあったが、商業的つながりは強く、戦争は互いの国益にならない関係でもある。

「若輩の身で申し訳ないけど、威国公主であるワタクシと……大陸中央の仮覇者の龍貢殿の使者が証人よ。相国の新たな皇帝陛下がおっしゃったように、この件を理由とする国家間戦争は、双方仕掛けないこと。万が一にも、戦争が発生した場合は、大義なきものと見なし、中立の立場から平定させてもらうから」

威公主もまた鄒煌に念押しした。威国を軽く見る傾向が強かった華国だったが、鄒煌は威公主にも跪礼して応じた。

大陸中央を挟んで、南北の大国として知られる華国と威国だったが、これまでは位置関係的に直接ぶつかることのない二国でもあった。今回、華国軍は初めて威国軍と当たり、馬の扱い方の巧さや攻め方の妙を目の当たりにした。それにより、華国側の威国への印象は、大きく変化したようだ。華国側が騎兵であったことも、馬の使い方の実力差を認めずにはいられないことの要因の一つだろう。力任せの野蛮な戦闘民族ではなく、しっかりとした理論、練度、戦術を持っている事を思い知ったのだ。

「お約束いたします」

逆に、華国を代表する形となった鄒煌の驕（おご）りのない態度は、乾の集落にも威国軍の人々からも心証が良かった。彼らは彼らで、華国を驕った人々の集まりと見ていたので、鄒煌によって意識を変えられた。

両国が今後、良い形で関係が構築されることを願うばかりだ。それは、蓮珠だけでなく、翔央も同じなのだろう。威公主と鄒煌の対話に少し表情を緩めてから、後ろに控えている自国の軍を振り返る。

「……春礼。先帝の棺の護衛を頼む。さきほど交わした約定も楚秋府へ」

蓮珠と翔央は、威皇后を喪った件の謝罪と今後の後ろ盾を威首長に頼むために、威公主の保護を受けて、威国へ向かうことになった。外交交渉役として、李洸・張折が同行することになる。

李洸の部下が携えた新皇帝の御名御璽（ぎょめいぎょじ）のある指示書により、楚秋は明日にも都として稼働開始となる。張折が計算した五日間にぎりぎり間に合った。同時に、先帝の葬儀と華国との間に戦争はしないという約定も楚秋に送られる。なんとか栄秋を戦場になることなく、経済への影響も最低限に抑えた状態で、相国を守り抜いた。

翔央は素服を皇帝の衣装に改めると、楚秋へ向かう人々に、新皇帝として言葉をかけ、見送る。その背を蓮珠は遠目にも見ることはできなかった。庶民が皇帝の後ろに立つことはありえないからだ。

「……十分待ったと思うので、そろそろ話を聞かせてもらえるかしら、陶蓮？」

顔を上げた蓮珠に、威公主が普段と変わらぬ口調で話しかけてきた。

「全部を見ていたのは、僕と陶蓮です。僕たちでお話しします」

いくぶん落ち着いた明賢が、自らの意思を示した。これまで色々と出来事が続きすぎて、自分たち側では多少出来事との距離があった魏嗣に説明を任せてしまっていた。蓮珠も、明賢に同意した。

「魏嗣さん、紅玉さん。お二人も足りないところは、足してください」

始まりは蓮珠からだった。栄秋港で龍義との間になにがあって、北に向かうことになったのか。そこに西堺から船で戻ってきた明賢側の視点が加わる。上陸前に発覚した侍女の裏切り行為、西金を過ぎてからの上陸、分かれて行動することになった過程を語った。その後、待機組だった蓮珠たちが騎兵隊に囲まれ、そこを叡明と冬来に救われたところに至り、どうしても徐々に言葉が重くなる。

「使う道をあちらに知られていたなんて、あの切れ者が珍しいこと。……体力なさそうな方だったから、山道で頭に血が回らなくなっていたのかしら？」

威公主が、蓮珠と明賢が話しやすくなるように、軽い口調で言ってくれた。それでも、蓮珠と明賢の二人は、お互いに理解している。自分たちがいなければ、叡明はあんな選択をしなかったのだと。

叡明の選択が、張折の言うように、あの場における最善だとしても、その選択肢しかなくなってしまったのは、蓮珠と明賢の行動によるものだ。そして、それは、叡明の傍らにいることを使命と考えていた冬来の選択にもつながっていく。

「そう。『お助けにまいります』と……。白姉様らしいお言葉だわ」

冬来があの崖の向こうへと消えた時のことを話し終えた時、威公主は泣きそうな表情を笑みで抑え込んでいた。

そこに、楚秋組の見送りを終えた翔央が戻ってくる。威公主は、乱暴に目元に溜まった涙を拭うと、前置きなしに翔央に問いかけた。

「……で、その崖にたどり着いて、新皇帝陛下は、なにをどうしたの？　あなたのことだから、自分も助けに行くとか言い出したんじゃないかしら？」

図星を指された翔央が、沈黙する。

「黙ってないで、何か言いなさいよ。二人にここまで話させたんだから、ここからは、あなたが語るべきでしょう？　その場の指揮官は、あなたになっていたんだから！」

「……自分に語れることなど、なにもない」

「はぁ？　……言ってくれるじゃない。あなた、本当は、出だしから選択に失敗したことに気づいているんでしょう？　一網打尽を避けるにしても、ばらけ過ぎよ。各個撃破を仕掛けられたら、本末転倒じゃない。陶蓮と雲鶴宮様には、白姉様かあなたがついているべきだった。……あなたが自ら語るべき反省点は、あるんじゃないの？」

威公主の追撃に、翔央が俯いた。

「そのとおりだ。……自分でもわかっている。結論を焦りすぎた。俺は、さっさと龍義と伯父上を相国から追い出したかった。同時に、叡明を少しでも早く確実に凌国へ向かわせたかった。あなた方を呼びに行くことも、確実性を期して白渓の部隊を呼びに行かせることも、間違ってはいない。相手の数を考えれば、あの時点の自分たちで追い払えるわけがなかったから。ただ、龍義や伯父上がどこにいるかを読み違えていたし、相手に見つかるのが早いか、呼んでくるのが早いかという賭けの要素が強かった。決して、最善手ではなかった」

翔央が語るそれは、自身を叱責しているようだった。

「楚秋に向かうように叡明に言った時、少し思うところがある様子だった。あの時、俺は気づくべきだった。叡明の最善手は違う、と」

威公主が軽く首を振った。

「前線で隊を率いる者が、いつまでも総大将の顔色を窺っているわけにいかないわ。それに、その策でいくことに反対しなかった以上、あなただけでなく、あの切れ者もそれを選んだのよ。……なにが失策かなんて、結果が出てからでなきゃわからないものだわ」

威公主の言葉は、翔央のとった策を擁護しているわけではなく、戦いの場での基本的な考えを、翔央に思い出させようとしている気がした。

その冷静を促す威公主の姿に、冬来が彼女に遺したものの大きさを感じてしまう。

叡明と冬来も、自分が居ない場であっても冷静に重要な判断を下せるよう、折に触れ、なにを最優先にして行動するべきか、蓮珠たちと意識合わせをしてくれていた。

これから先は、なにを最優先とするのかから自分で考えなくてはならない。正しい道を示してくれる人を失った。もうすでに、選ぶことが怖いと感じている自分が居る。

「でも、叡明は結果が出る前にわかっていた。状況が変わっていく中で、常にその時点での最善手が何かを考え、正しく選んでいた。……俺では考えが足りない。俺では叡明のように最善手を選べない」

同じ身代わりの身であった翔央の不安は、蓮珠の不安でもある。

翔央が言うように、叡明は、常にその時点での最善手を躊躇することなく選んできた。それが、本当に命がけであっても、彼は迷いなく選ぶのだ。その言動で正解を教えてくれるから、自分たちも過酷な日々を進んでこられたのに。

「そうであるならば、義兄様は、正しい選択をしたってことになるのね？」

威公主が言われて、不安の沼に落ちていく思考が止まる。

そうだろうか。あれは正しい選択をしたことになるのだろうか。

でも、あの崖で、叡明にあんな選択をさせたのは、きっと自分だ。龍義に背後を取られるまで気づくことが出来ず、あの場を切り抜ける武術の技量もなかったから。

もしも、自分に、本物の威皇后と同じ技量があったなら、叡明の選択だってもっと違うものになっていたはずだ。

「叡明が選んだんだ。きっと正しかった。でも、選んでほしくなかった。……俺は、叡明になれない。どんなになりたくても、あんな風には選べない。だから、俺は、いまだに護りたいものを護ることが出来ない人間なんだ。俺では選べないから、叡明が選ばなきゃならなくなったんだ」

翔央の手が、まとう皇帝の衣装の胸部を強く握る。

「翔央様……」

違う。責められるべきは、自分だ。翔央が自身を責めるのは違う。翔央が苦しむことなんてない。あの場で、足りなかったのは、ほかの誰でもない、自分だった。

蓮珠が翔央に手を伸ばしかけた時、ひときわ大きな声で威公主が翔央に言い返した。

「なれないなんて当たり前でしょう！　ワタクシだって白姉様になれないわよ！　違う人間なんだから、同じになんかなれなくて当然だわ。あなたの間違いは、自分とあの切れ者は違うんだって、本当の意味で理解できていなかったことよ」

威公主の指摘は、蓮珠の胸にも刺さった。

違う人間なのに、同じになろうとした。それは、翔央だけじゃない。蓮珠も、だ。違う人間だとわかっていた。いや、わかっているつもりでいたのだ。それなのに、より完璧な威皇后になろうとした。いつかはなれるんじゃないかと、頭のどこかで考えていた。だから、威皇后ほどの武術の技量が、自分にはないことが許せなくて……。

「そこまでだ。ここで外交問題は起こすなよ」

集落の長に人払いの徹底をお願いしていた部屋に突如入ってきたのは、それを押し通せる人物だった。

「ハル！」

掴みかからん勢いで翔央に詰め寄っていた威公主が、その姿を見るなり、駆け出して抱き着いた。喜びからでなく、泣きだす限界の想いをぶつけるためのようだ。

「黒太子(こくたいし)様……」

威国の次期首長の最有力候補である黒部族出身の黒太子だ。蓮珠は慌てて跪礼した。

「陶蓮殿、顔を上げてくれ。あなたも色々ありすぎてお疲れだろう。自覚できない疲れというやつは、心を蝕(むしば)むものだ。身体を休めなさい。雲鶴宮殿も」

いたわりの言葉に、蓮珠はますます頭が下がった。

「秋徳殿から、国境の部隊を動かしたとの連絡を受けて、馬を飛ばしてきた」

秋徳は、本来先帝が担うはずだった、威公主の陣よりも先に居る威国の部隊に救援を求める役割を引き継いでいたらしい。

「大まかな話は、そこで龍貢殿の使者から聞かせてもらった。……翔央殿、このたびはお悔やみ申し上げる」

黒太子は、翔央を名前で呼んだ。国も身分も関係のない知人としての弔意だった。

「こちらこそ、白公主に御輿入れいただいたというのに、このようなことになりまことに申し訳ない。せめて、お悔やみを……」

翔央が言葉に詰まる。黒太子は、俯く翔央の肩に手を置いた。

「無理をしなくていい。それを口にすることは、あなたにとって、喜鵲宮(きじゃくきゅう)殿がお戻りにならないことを認めるのと同義なのだろう？　……御父上と伯父上のことは残念だった。さきほどの弔意は、そこに留めよう」

俯いたままの翔央が、消え入りそうな声で呟いた。

「そうか、俺は叡明を……」

頭を上げた翔央が、黒太子の顔をまっすぐに見る。黒太子は何かを急かすことなく、無言で翔央の言葉を待った。

「……ハル殿。いや、威国黒太子殿。新たな相国皇帝となった郭翔央だ。威国とは、隣国として良好な関係の継続を望んでいる。今後の付き合いの始まりの挨拶として、言わせてほしい。白公主のこと、お悔やみ申し上げる」

翔央のよく通る声が、迷いなく、淀みなく、弔意を示す。

「お言葉、ありがたく受け入れる。こちらも始まりの挨拶を。こんなときだが、言わせてほしい言葉ある。……新たな相国皇帝の誕生、心よりお祝い申し上げる」

これを待っていたのだと言いたげな笑みを浮かべて、黒太子が今度は祝意を示した。

「お言葉、ありがたく受け入れる」

受け入れた翔央の微笑に、威公主が少し呆れた顔をする。

「いい顔になったじゃない。これなら、陶蓮も安心して仕えられるってものよ。ワタクシもひと安心ね。収まるところに収まってなによりだわ。それにしても……あなたほど皇帝に相応しい人物は、いなかったんだって、いま知ったわ。政治も心得た武人だなんて。郭叡明は、とんでもないものを遺したのね」

翔央を黒太子に任せ、威公主が蓮珠のほうへ歩み寄る。

「でも、痛いときは痛いと言わないと、人は内側から壊れてしまうから気をつけたほうがいいわ。……陶蓮、あなたもよ」

蓮珠の前に立った威公主が、その場に膝をつき、蓮珠と視線の高さを合わせた。

「我が国は、戦う者たちの国だから、戦いの場で本人が決めたことを尊重するの。もちろん、悲しみや寂しさを感じはするけど、そのことで、陶蓮や雲鶴宮様を責めることはないわ。白姉様は、最強の武人よ。その時、最善の選択をしたの。陶蓮にならば、後を任せられると信じて、選択したの。後を託された陶蓮が、それを否定しないで」

奇しくも、それは張折が翔央に言ったことを同じだった。

蓮珠はこみ上げてくるものを感じながら、それでも力強く宣言した。

「わたし、冬来殿は必ず戻って来ると信じています！　信じています……けど……、あの方がいらっしゃらないことが、悲しいし、寂しいです」

「うん。陶蓮は、泣いていい……」

そう言って、蓮珠を強く抱きしめた威公主の声も涙に掠れていた。蓮珠も威公主を抱き返した。自分たち二人は、同じ人を失って、悲しくて、寂しい。そのことを、泣いてもいいのだと、わかったから。

終章

荷花灯が、白龍河をゆらゆらと流れていく。荷花灯は、中元節で地府を出てきた彷徨える死者に、地府への帰り道を示すものだ。今回の件で喪われた命を見送る気持ちの強さの分だけ、たくさん流す。

「……みな、いなくなってしまった。ついに、郭家は俺一人か」

威国行き組に、明賢は入らなかった。彼は、二度と自分を誰かに政治的に利用させないために、自らの意志で藍玉の集落に残ることを決めた。

旧帝国官吏の末裔たちの集落で政治を学び、いつか相国新皇帝にお仕えしたいと言っていた。

郭家の兄弟は、それぞれに違う道を歩むことになったのだ。

「正直、叡明がいないことも、自分が帝位に就くことも、まるで納得していない。とてもじゃないが、俺に皇帝の思考なんてできるわけないし、玉座に大人しく座っていようとも思えない。……すぐにでも叡明を探しに行きたい。その想いを胸の奥にずっと抱えたままで、俺は玉座に座るんだ。でも、そのことを悪いことだとか、間違ったことだとは思わない。……生き残ったんじゃない、生かされたわけでもない。俺は、生きている側だ。生き続けるから、叡明のいなくなったこれからの日々も、たくさんの想いをこの身体に刻みこんでいく。そうやって刻んだ想いごと生きていくと決めた。胸の奥にある想いを無理に消す必要などない。刻まれた想いの一つとして、叡明への想いを抱えて生きるんだ。だから、悪くないし、間違ってもいない。不服も不安も迷いも寂しさも、負の感情さえも全部抱えて、相国新皇帝になる。……この想い、荷花灯に乗せて流したなら、遠い地府にまで届くだろうか」

翔央が、最後まで手に乗せていた荷花灯をそっと水面に置いて、優しく押す。ゆらゆらと頼りないくらいに揺れながら、それでも荷花灯が白龍河を流れていく。

その姿を見つめ、蓮珠は、自分もまた、胸の奥に『ただの郭翔央と陶蓮珠にはなれなかった』という想いを抱えて、これからの日々を生きていくのだと感じた。

公式に、皇帝郭叡明と威皇后の崩御が発表された。これにより、皇弟であった白鷺宮の翔央が皇位を引き継ぎ、新たな相国皇帝となった。皇位を継いだばかりなのに、すでに皇帝衣装をまとった姿が馴染んでいる。この代わり映えのなさだけが、身代わりの日々があったことの証と言えるかもしれない。

一方で、威皇后の身代わりだった蓮珠は、永久にその役割を失った。本当は、こうして傍らに立つことも許されない身分差になったのだ。

それでも、蓮珠は決めた。

「一人じゃありません。……ちゃんと、居ますよ」

どの立場であろうと、どんな想いを抱えていようと、変わることなく翔央の傍らで彼を支える。蓮珠は、そう誓った。翔央の傍らにある自分を最優先とすることを決めたのだ。

それは、いなくなった二人が、最期に示してくれた、ひとつの選択だ。蓮珠には、彼らのように、翔央の前に道を示すなんてことはできないけれど、一緒に迷いながら、一緒に歩んでいくことはできる。だから、彼の傍らにあることを選んだ。

「叡明様も、今頃は、冬来様とご一緒に西王母様のもとに向かわれていますよ。大丈夫です。みんな一人ではありません。翔央様のことは、わたしが一人にしませんから、どうぞご安心を」

蓮珠は手に乗せていた荷花灯を流した。少し強く押して、翔央が流した荷花灯の傍らに添わせる。河を行く小さな光は、ほかの光に紛れて、はるか遠い地府への帰路を照らす光道の一つになって遠ざかっていく。

二人は寄り添い、流れていくたくさんの荷花灯を、ただ見つめていた。

FUTABA BUNKO

発行・株式会社　双葉社

FUTABA BUNKO

出雲のあやかしホテルに就職します

硝子町玻璃
Garasumachi Hari

女子大生の時町見初は、幼い頃から「あやかし」や「幽霊」が見える特殊な力を持っていた。誰にも言えない力を抱え、苦悩することも多かった彼女だが、現在最も頭を悩ましている問題は、自身の就職活動だった。受けれども受けれども、面接は連戦連敗。まさに、お先真っ黒。しかしそんな時、大学の就職支援センターが、ある求人票を見初に紹介する。それは幽霊が出るとの噂が絶えない、出雲の曰くつきホテルの求人で――。「妖怪」や「神様」たちが泊まりにくる出雲のホテルを舞台にした、笑って泣けるあやかしドラマ!!

発行・株式会社　双葉社

双葉文庫

あ-60-09

後宮(こうきゅう)の花(はな)は偽(いつわ)りでつなぐ

2023年1月15日　第1刷発行

【著者】
天城智尋(あまぎちひろ)

【発行者】
島野浩二
【発行所】
株式会社双葉社
〒162-8540 東京都新宿区東五軒町3番28号
［電話］03-5261-4818(営業部)　03-5261-4851(編集部)
www.futabasha.co.jp(双葉社の書籍・コミックが買えます)
【印刷所】
中央精版印刷株式会社
【製本所】
中央精版印刷株式会社

【フォーマット・デザイン】
日下潤一

ISBN978-4-575-52634-9 C0193
Printed in Japan